我把故乡送给你

娟子 著

古吴轩出版社

图书在版编目（CIP）数据

我把故乡送给你 / 娟子著. -- 苏州 : 古吴轩出版社, 2022.2
（鸿儒文库 / 文轩主编. 散文卷）
ISBN 978-7-5546-1711-3

Ⅰ. ①我… Ⅱ. ①娟… Ⅲ. ①散文集－中国－当代 Ⅳ. ① I267

中国版本图书馆 CIP 数据核字（2021）第 012326 号

责任编辑：俞　都
见习编辑：胡　玥
策　　划：崔付建　秦国娟
装帧设计：鸿儒文轩

书　　名：我把故乡送给你
著　　者：娟　子
出版发行：古吴轩出版社
地址：苏州市八达街 118 号苏州新闻大厦 30F　　邮编：215123
电话：0512-65233679　　传真：0512-65220750
出 版 人：尹剑峰
印　　刷：阳谷毕升印务有限公司
开　　本：880×1230　1/32
印　　张：8.75
字　　数：153 千字
版　　次：2022 年 2 月第 1 版　第 1 次印刷
书　　号：ISBN 978-7-5546-1711-3
定　　价：42.00 元

目 录

Contents

藤花落痕

波涛晒雪

海水味道

红了樱桃

藤花落痕

讲古讲古

大凡一个地方，都有自己独特的构成，山脉走势，水流方向，生存方式，精神能量，行为范式，格局开张……拂去历史的烟尘，探究其成因，即使身在其中，也难以找到真相。或许我们言之凿凿的结论，只是一厢情愿的猜想。比如，连云港这座依海而立、因海而移的城市，亿万年间数度海陆交替，发生沧海桑田的地质变迁，时光在这里埋藏了太多的秘密。潮自山边起，风从海上来。港口前有连岛作屏障，后有云台山作依托，海上船舶如青云出岫，往来不绝。海雾水汽山岚，变幻莫测，云蒸霞蔚，气象万千。这一片山与海交汇交融的地域，便被赋予了诗一样的名字：连云港。

云台山，是大自然恩赐连云港的地标。有了它，连云港人就有了一个不会迷失的家园。站在山巅，目光随那只翠鸟在波涛般起伏的峰峦间盘桓。那鸟嘴里鸣唱着的童谣乡音不改，留在山间，留在海边，留在人家屋檐，守着一片乡土的喜悦抑或忧伤："讲古讲古，讲到板浦；板浦筛锣，讲到黄河；黄河打坝，讲到老大；老大挑水，讲到猴嘴；猴嘴拐弯，讲到海边；海边有山，讲到云山……"

云山，一个乡村的名字，我出生的地方。之前叫五羊湖，再之前叫沃壤山，千百年来安静地蛰伏在云台山下。一条自大山深处流出的山涧穿村而过，跳下山岗，流过草坡，日夜不息，滋润着童年的日子。涧边的坡上是三三两两石墙红瓦的人家。我家有三间堂屋、两间西屋的小院就坐落在山涧边。院里有一棵老槐树，我的爷爷坐在树下，取下别在腰上的旱烟袋，一边捺一锅他自己种的老烟叶沫点上，一边讲古。那"古"真的很古远，古远到与中华文明源头的神话传说相关。这里是《山海经》中"汤谷上有扶桑，十日所浴"的汤谷，还是《尚书》中尧帝派羲仲来祭祀太阳的地方。自从盘古开天地，三皇五帝到如今，那和这片土地相关的"古"，在爷爷使人身临其境的讲述中，在我的眼前幻化成一幅幅画面：炼石补天的女娲像是月饼盒上印的仙女，衣袂飘飘；羽山击鲧的试剑石火星四溅，鲧的鲜血喷涌成泉；还有那只叫精卫的鸟，衔石在翻腾的浪花之上飞翔，引领群鸟飞翔、填海——不只是一种行为，更是一种信念，让希望成为可能，一切成为可能；还有孔子登山望海，秦皇东巡立石，以及徐福东渡的船队、李世民征辽的战鼓、康熙皇帝亲题的"遥镇洪流"等等。那"古"穿越千万年，从爷爷的烟袋锅里袅袅飘出。我趴在爷爷的膝头，大黄狗趴在我的脚边，时不时跃身冲到小园边篱笆墙上紫色的豌豆花前，去扑一下豌豆花上采蜜的蜜蜂。爷爷歇口气在板凳腿上磕烟灰的空隙，天上一片小小的云也停在树梢歇歇脚，布谷鸟的叫声和着山涧潺潺的水声就传了过来。我的小小的脑袋里，便种下了有关家园和先祖的记忆。

沿时间的河流上溯到洪荒年代，这里一片汪洋。也许是由于两亿年前东部地壳的“造山运动”，也许是由于哪一次海底火山爆发，形成了云台山地形地貌的大框架。云台山也称郁洲、瀛洲、苍梧，由锦屏山、前云台山、中云台山、后云台山和鹰游山等互不连续的断块山组成。200 多座曼延的单面山峰由东南向西北、由平缓到陡峭，如同大海的波涛层层叠叠推进，直上云霄。“幽深秀特，冠长云气”“山峰陡峭，呈台阶状”，而有了云台之称。随着地壳的上升或下沉，海水不可阻拦地涌上来或退下去，沙滩或成平原和岛屿，或又一次被浸润和涨满潮水，与海洋交替出现。时而是陆地群山，时而是海中群岛。秦汉以前，云台山被海水包围，成为海上三山。锦屏山前沿，波翻浪卷，惊涛裂岸。后来黄河南徙夺淮入海，到这里慢下了脚步。大量沉积的泥沙，成了黏合剂，先是在 1711 年让前云台山与大陆相连，到了 1855 年，中云台山、后云台山也相继与大陆连成一体。时光在这里埋入无尽的宝物，“极山海之观，尽林泉之胜”。山，丹崖怪石，削壁奇峰。层峦叠翠，古木参天。仙桃常结果，修竹每留云。银杏、葛藤、灵芝等野生植物千余种，猕猴、獐、狐等动物数百种。海，潮涌银山，波翻雪浪。鸥鸟翔集，鱼戏虾跃。梭子蟹、对虾、花蚬、沙光鱼，上百种海产。人们捕鱼、打雁，摘桃、挖蛤，种稻、晒盐，向这片山海求取衣食，山海以它的精华滋养生活其中的人们。人们在尽享山野之获、鱼盐之利的同时，也饱尝劳作的辛苦和自然灾害的威胁，对这一片神奇的山海生出了不朽的敬畏。人们崇拜太阳，崇拜石，崇拜鸟，崇拜土地，崇拜一切未知的能力，由此佛教、道教日渐兴起并繁盛。自东汉到明清，道教宫观、佛教寺院几百座，遍布云台境内，仅海州古城就有“九庙十八庵”的情景，宿城的法起寺、悟道庵也是香客不断，这里渐渐成为苏北、鲁南的佛教中心。四方信众从陆路、水路争相前来，并为之形成了特有的“磕头路”“烧香河”。一些宽宽窄窄的小径，让人们绕过崖壁、密林、涧沟，从一座山抵达另一座山的寺院；一些大大小小的船，载着人们心中的祈愿，从此岸靠近彼岸。云台山赢得了“东海第一胜境”“华夏三神山”“七十一福地”之誉。

山海之间，满是从诗人衣袖中散落的诗笺：李白的“海客谈瀛洲，烟涛微茫信难求”“明日不归沉碧海，白云愁色满苍梧”，苏轼的“郁郁苍梧海上山，蓬莱方丈有无间。旧闻草木皆仙药，欲弃妻孥守市阛”，杨本俊的“山如驾海海围山，山海奇观在此间。乘兴来时一登眺，恍如身世出尘寰”，独特的山海风光让诗人们流连忘返。还有李汝珍，19岁至板浦，“久作寓公”，著《镜花缘》；还有曹雪芹，他的祖父分管两淮盐务，受这里的风俗俚语浸淫，对他创作《红楼梦》不无影响；还有施耐庵，他笔下《水浒传》中的好汉们最终归属于白虎山上的“好汉茔”。漫长的时光里，流云飞渡，风中行吟的是文人雅士的诗行。吴承恩的《西游记》与中云台山的主峰——花果山渊源最深，这部书单表东胜神洲。海外有一国土，名曰傲来国。国近大海，海中有一座名山，唤为花果山。“一部西游未出此山半步”。

相传，吴承恩在淮安府官场失意，乘船来此散心。当他在浓郁的玉兰花香中踏上这片土地时，这片土地以漫山遍野的鲜花接纳了这个失意的文人雅士。此后三年，他以山脚下的三观庙为据点，看山看水看海，访亲访友访古，漫步街巷坊间、宫观寺庙，在讲古、说书、小戏、闲谈中汲取养分。他以花果山的自然景观为基础和背景，在玄奘取经那个古远的故事里得到启发，厘清了西游的人物图谱和线路，将当时的世俗生活和明代社会剪影浓缩于《西游记》这部浩瀚长卷之中，为世界文学留下了光辉的一页。不管是花果山成就了《西游记》，还是《西游记》成就了花果山，孙悟空的形象已深入人心。敢为人先、勇于创新、弘扬正气的地方精神和身份指认标记逐渐成为连云港人秉持的文化传统。吴承恩把自己的身影嵌入云台山的晨光雾霭，实现了人生的升华。

也许是时光的偏袒，这片土地比其他地方更早地得到拓荒和重视。人类活动史可追溯到数万年前，古人类狩猎、采集和生活的身影，就出现在马陵山的大贤庄；一万年前，我们的祖先在旧石器时代的锦屏山桃花涧、白鸽涧，创造了被考古界称为“小石片工业”的古代文化；华盖山遗址、二涧遗址及藤花落遗址，也都说明4000至7000年前这里就有了农业生产活动。我们的祖先很早就在东方开发了繁荣的经济，创造出了灿烂的文化。在锦屏山南麓的将军崖，以高山巨壁为“画布”，以图画为符号做隐喻，分布着三组刻有人面、鸟兽面、天象图案和一些符号的岩画，向我们展示着人类祖先进行狩猎、农作、舞蹈、祭祀、生殖崇拜等物质生活和精神生活的场景。那一组人面像借助禾苗的线条与大地相连，反映了人对农业的依赖和对土地的崇拜。还有一组人面像人物头插羽毛，说明东夷部族崇拜鸟神，也与现在生物学对人、鱼、鸟、兽有共同祖先的猜想不谋而合。还有三个圆形的磨刻有光芒线的太阳，太阳附近是一条磨得发白的“银河”。“银河”中有许多凿磨得似天上繁星的圆窝，还有那磨刻的子午线方位角，与实际的子午线基本吻合。三组岩画中心倚迭着三块大石，该是祭祀用的三足台，东夷部族“以石为祭”的原始宗教得到佐证。物质决定意识，也决定文化的式样和精神。先祖们信奉万物有灵，他们腰扎树叶，身披兽皮，手举长矛，围绕着一座山，一面壁，一块石头，通过声音、动作、表情，召唤那些他们所敬畏的来帮助他们。他们模仿万物来取悦万物，表达感激之情。进而，声音成为乐曲，动作成为舞蹈，表情成为面具，继而，走向宗教仪式，走向礼仪礼乐，走向文化文教。岩画里放着光芒的太阳，“银河”里闪烁的点点繁星，都显现出东方文明灼亮的光辉。有人说，这是“庄稼生人”观的反映，有人说这是“葛天氏之乐”的纪实，有人认为这是羲仲“祭日之坛”，有人认为这是少昊部落的“祈雨神坛”，还有人认为这是“生殖巫画”，抑或是远古星象图。民族学、民俗学、考古学、文化人类学，众说纷纭，莫衷一是。岩画被史学界尊为“东方天书”，至今无人能完全解读。但毫无疑问，探索中华文明渊源，在这里得到了新的启迪。

登高望远，站在云台山最高峰——花果山玉女峰，或是北云台大桅尖，或是任一山巅，都能看见峰峦、森林、港口、大海、岛屿、滩涂、盐田、村镇、田园。如果有缘，还能看见海市蜃楼、云台铺海、云台佛光等自然景观，感受纵目八荒的豪迈和山海大观的震撼。从二桅尖观景台俯瞰，东西连岛如巨鳄安卧水中，海港码头清晰可见。港区冬无严寒，夏无酷暑，常年吞吐无碍。码头上红色的塔吊高耸入云，港池内碧波荡漾，巨轮川流不息。碧海，蓝天，红色的塔吊，多彩的集装箱，宛如一幅油画。港口北接渤海湾，隔海东临东北亚，向西沿新亚欧大陆桥这条“地球的金腰带”，抵达大西洋岸边的荷兰鹿特丹。拥有万吨级以上泊位 71 个，与全球 150 多个国家和地区近 1000 个港口通航往来。“中国首批沿海开放城市”“新亚欧大陆桥东方桥头堡”“一带一路交汇点”“国家东中西区域合作示范点”“上海合作组织出海基地”“世界水晶之都”“国际性港口城市”“国家新型试点城市”“中国优秀旅游城市”“国家卫生城市”等等美誉接踵而来，连云港逐渐成为具有国际影响力的“一带一路”倡议支点城市。

其实，这里秦汉时期就是古朐港，是当时唯一的对外开放门户。货船从这里出发，下南洋，过马六甲海峡，横越印度洋，把中国制造的茶叶、瓷器、丝绸等货物源源不断地输往海外各国，打通了一条走向大海、走向外部世界的海上通道。唐宋时，连云港因拥有广袤的沿海滩涂，盐区成为全国重要的盐业中心。很多日本、韩国商人都从这里登岸，再到江浙一带经商。宋代的时候，这里还是宋金交战的战场。明清之际，淮盐是中国四大海盐之一。得利于海盐的生产与销售，连云港地方经济发展比较兴旺。仅板浦一个小镇，人口就达 5 万多，有“淮北盐都”“小上海”的誉称。20 世纪 30 年代，陇海铁路的贯通和连云港港口的兴建，开创了连云港市现代交通的先河。

一个地方的气象，在于对当时当地地理与人文景观的呼应。一回头，山间五颜六色的花好像在迎候我的归途，就像迎候这里独有的沙光鱼的回溯。海边，那些河流，盐河、烧香河、排淡河、蔷薇河、临洪河；那些山涧，桃花涧、竹阴沟、人沙涧、渔湾，千回百转，从四面八方汇聚而来。水汽从山边蒸腾起来，成为云雾，云雾与群山水乳交融，笼罩与隐藏，形成了变化无穷的景象。在共享共建理念的推动下，云台山风景区打造“大圣故里，西游胜境”的旅游品牌，让孔雀沟、渔湾、东磊、花果山紧密相连；连云区旅游公交将苏马湾、大沙湾、连岛、海上云台山、连云新城、高公岛串联；“水晶之都”东海推出“温泉 +”的旅游模式；赣榆以“徐福故里，海洋之都”为名片；灌云打造“伊山伊水伊甸园，真情真意真灌云”的旅游品牌；灌南依托五龙口、双鱼岛打造“魔幻东方”主题公园……名山、名海、名水、名石、名竹、名书集于一地，构成了这里独特的城市风貌和旅游景观。“以港兴市”的连云港，以山的笃定、自信，海的开放、包容，结交四海宾朋，拥抱世界。

暮春的这个黄昏，连云港——镶嵌在中国海岸线脐部的翡翠，青绿滋润。万吨青绿倾巢出动。天的蓝，山的青，水的绿，一起奔涌，泼墨涂抹，最后还没忘山崖上那一丛丛的映山红。画轴在脚下铺展，周身都是花草亲昵的手语，鱼虾腥鲜的问候。鸟鸣与汽笛毫不违和，古意与时尚交相辉映。一个个词语，带着绿莹莹的诗意，蜂拥而至，让“连云港”三个字变得立体而具象：东夷、鲁国、楚国、郯子国，朐县、东海郡、海州、连云港，连岛、前三岛、秦三岛、竹岛、鸽岛，法起寺、悟道庵、碧霞宫、延福观，伊尹相汤、夹谷会盟、二郎救母，田横岗、孝妇祠、抗日山，温泉、水晶、金镶玉竹，银杏、葛藤粉、云雾茶，淮盐、滴醋、汤沟酒，对虾、彤蟹、沙光鱼，煎饼、豆丹，一个个城市符号，从幽远的地方落到一个个具体的点上。“在天一方，在海一方，在这个海天相接的地方，美丽的海湾，可爱的家乡……”悠扬的歌声从远方飘来，在山风海韵中起伏跌宕。变幻莫测的时光里，“连云港”，不仅是一个名词，还是一个动词或形容词。

在海一方的礁石上坐下来，膨胀的水意漫过思绪，无所思，无所不思。举目远望，无边无际的大海好像与天连接在一起。那一轮橙红橘黄的落日，艳丽却不刺目，柔和带有佛性。柔和之外，浅浅的慈悲、怀旧、感伤，仿佛某种神谕。

这大自然赐予的天趣，还有清风、雨露、月光、朝霞等等，有多少美妙的场景被我们白白错过。落日的余晖齐刷刷地照过来，像涨潮时渐渐侵岸的潮水。脚下的海浪泛着白色的泡沫，一层一层卷上来，又一层一层退下去，如同历史的某种节奏。东方文明里，这块诞生了《西游记》《镜花缘》的土地，都是这海浪冲刷和孕育出来的。沙滩上，有多少映射夕照的贝壳有着神秘的过往。踩一踩金黄细软的沙滩，像被小猫的爪子一下一下挠着你的脚心，在这样的地方诞生任何文明都不足为奇。那鸥鸟的鸣声，掠过水面，越过波涛，越过山峰，又潮涌般漫过岩石，在那个叫将军崖的地方定格为图腾。岩画里头插鸟羽的先祖抑或先知，将自身作为预言和先兆，以期让后人从中得到启示，读出他的谶语，回答“我是谁、从哪里来、到哪里去”的哲学之问。

在礁石上发呆，久久不愿离开。海的轰鸣漫过来，如同时间本身。时间是神秘的，深奥的；海也是神秘的，深奥的。一切和我们命运相关的事物，都隐匿于我们看不见的地方，悄然运行。一切都会由现实变成记忆，变成古，如同我讲古的爷爷早已把自己化作了古一样，一切最后都成为想象——一个人，一件事，一座山，一片海，莫不如是。

遥想石棺

沉寂了 6500 多年，没有谁来关注过灌云北山东麓那片三面环山、一面朝阳的叫作清风岭的山间台地，也没有谁来关注过台地边那条由老龙涧潺潺流出的溪水，以及整日追逐流水的花瓣，更没有谁来踏响溪边光滑的片石和夹岸的芳草。伊山脚下的那个叫任庄的村落，不时飘出的一抹炊烟，袅袅诉说着人类繁衍过程的缓慢。

不知是怎样隐秘的信息传播渠道，20 世纪 80 年代初的一个春天，那个具备一定文物知识的砖瓦厂工人在取土时，忽然发现一座由片石镶成的石棺。他马上停止挖土，立即向县文物普查工作队汇报，使石棺墓因此得以保存完整。

探寻随之而起。1985 至 1986 年，南京博物院、连云港市博物馆和灌云县博物馆进行了两次联合发掘，清理出新石器时代早期墓葬64座，出土陶器、石器、玉器、骨器等文物170余件，取得人体骨架标本6具。墓穴深约2米，四周全部采用大伊山的平光自然片石镶砌而成。墓穴上面用一块或数块石板叠盖，呈长方形，长约2米，宽约80厘米。有的石棺是上下层，叠摞而成。这样的葬法，前所未闻。墓葬相对集中，看起来排列有序，很有规则。石棺内比较狭窄，能容下一具尸体。其中27座石棺内，尸体的面部完整地覆盖着用于盛食品的夹砂红陶钵，钵底朝上。

遗址出土的陶器、骨器、石器、玉器，大多制作精美，磨制光滑，做工讲究，反映了较高的制作技术和烧制水平。那些玉饰品也都小巧玲珑，抛光、钻孔技术精湛。玲珑剔透的玉珠，光泽淳厚的玉璜，光洁透明的玉耳坠，表达了先民对生活的热爱和对美的追求。石棺墓还出土了3枚猪牙、3枚鹿角、2件网坠和1枚贝壳以及纺轮、骨针和骨锥等纺织用具，无不说明大伊山原始居民以渔猎、采集为主，农业为辅，结合发展手工业，经济生活丰富多彩。石棺墓内，安葬的都是女性。说明当时男子外出渔猎的收获很不稳定，而妇女从事植物果实的采集，较为稳定，在氏族中的地位高于男子。再加上孩子出生后知其母而不知其父，妇女在社会生产和生活中是主要的劳作者和操持者，占据主导地位。

墓葬的产生，与人们对死去亲人的怜爱，与保护死者及灵魂的观念是分不开的。大伊山遗址所反映的葬法也比较先进。先民们利用大伊山的自然片石，稍做加工，制成石棺，选择依山傍水的好地方对死去的亲人进行安葬，并把他们宝贵的生活用品拿来陪葬，开创了人类棺葬习俗的先河，是文明观念和血肉亲情的体现。同时，也给后人留下许多待解之谜。

大伊山本地没有玉石矿藏，那些随葬品玉器的来处让人颇费思量。一些研究者认定，大伊山有集市雏形，那些物品是从外地交流而来。还有石棺墓里发现的小口球腹双系罐，带有浓厚的南方文化特征；腰檐釜纯属于嘉兴马家浜文化；碧玉璜也是南方所产的饰品。这些都为集市的存在提供了佐证。仅大伊山一处，石棺墓集结那么多，也旁证了当时当地有先民聚居，有集市存在的可能性。还有红陶钵盖头，应该是远古先民对天和祖先崇拜的表现，直接用泥土盖在死者面部，会玷污其口、耳、目，是对祖先和亲人的不尊重，所以用陶钵或盆盖在死者面部。这与战国时的幂目、汉代的玉面罩以及今天苏北民间死人面部遮着的红布或蒙脸纸一脉相承。据专家考证，这是原始宗教在物质文化上的一种葬俗表现。标志着当时生产力水平已经提高，人类的亲情意识、灵魂观念已经产生。红陶钵的底部还有敲出的小洞，大概是为了方便灵魂的进出。陶钵的底部刻有符号，研究者认为那是我国发现最早的文字萌芽。大伊山石棺墓遗址挖掘地距离将军崖岩画仅百里之遥，我们有理由怀疑这些躺在石棺里的人就是将军崖岩画的作者。大伊山石棺墓中的主人都面向东方，很可能是一种太阳崇拜。而太阳崇拜是将军崖岩画的一大特色。在大伊山石棺墓中出土的陶器，底部刻有一个圆形，在圆形的中间刻画了一个十字符号，十字符号都带着芒刺。有专家认为这是太阳神的标记，是崇拜太阳的一种图腾。我们的推理多依据想象，也许与真实的状况距离很远。

有考古学家说："大伊山石棺墓处在南北文化交汇处，因而既有黄河下游新石器文化的特点，又具有长江下游新石器文化的特征，同时还具有独特的自身文化因素，属青莲岗文化类型。"由此灌云县可以理直气壮地自称"历史文化悠久"了，他们的文化应属以徐州为中心的汉文化。

一种文化总是比一种政治单元要历史悠久。大伊山石棺墓群所折射的文化光芒，让我们遥想当年黄海之滨的大伊山下，生活着一支勤劳勇敢的原始部落。人们采集稼穑、捕鱼狩猎、磨石制陶、舞蹈祈拜，创造了丰富多彩的古代文明。尘封的往事，散落在时间的海洋之中，只留下一些模糊的线索，帮助我们去了解先民们的故事和他们留下的智慧与谜题。也许，很多谜题永远无解。

有鸟在林间飞起，是否是当年被作为东夷图腾的那一只，享受过鸟王国的崇拜，我们无从知晓。我们只知道，鸟不灭，时光不灭。

岩画上驶来的船

站在大伊山商汤时代的岩画前，阳光一点点渗下来，流过石壁，石上的画呆板又生动，坚硬又柔软。画上的两只木船，线条古朴粗放，船身首尾上翘，其中一只船上还画了一条鱼。考古学家说，这是先民们祈祷渔业丰收的遗存。标志着三四千年前，生活在这片土地上的先民就已经有了渡水的工具，可以在茫茫海面自由航行，耕海牧渔。

时光深处传来一些足音。风掠过，一些东西被带走，一些东西又被留下，滋生新的东西。历史被层层翻阅，那个起点有些模糊，可以上溯到原始社会末期。云台山与中华文明邈远的神话传说联系在一起，《山海经》中称它为羽山。尧舜时期，九州大地洪水滔滔，大片土地被淹没为泽国。先民生存受到威胁。鲧接受帝尧治水的命令，不敢懈怠，处处围堵，历时九年却未获成功。治水不力的鲧被殛于羽山。至今东海羽山上的三劈石、殛鲧泉还在佐证着这个传说。禹承父志，受舜命继续治水。他采用疏导的方法，殚精竭虑，三过家门而不入。他看到树木在水中漂浮，想到借助木头进行水上活动，树枝捆成的筏和挖空树干而成的独木舟便应运而生。为了方便指挥，禹历尽艰辛，到四川伐巨树，把树干中间挖空，制成独木舟。他乘舟东奔西走，努力治水十三年，华夏大地终于河清海晏。

传说不等于事实，但却能在一定程度上反映事实。在新石器时代古遗址锦屏山二涧村发现的两只陶纺轮，可以证明六七千年前，这块土地上的先民已经能用野纤维捻绳织网，从事渔业生产。随着人类文明的不断进步，独木舟和筏在劳动生产中不断得到改进，逐步演变成了木板船。夏朝生产力有了飞跃的发展，生产工具也先进很多。有了规、矩、准绳，为建造木板船提供了充分的条件。到了商汤时期，人们不仅能用金属工具造船，从事海洋捕捞，迁徙远航，还能进行较大规模的商业活动。到秦时，始皇帝派徐福率童男童女及百工数千人，从赣榆乘船出海寻找长生不老药（《史记·秦始皇本纪》记载），已经架起了国家与地区之间海上文明对话的桥梁。唐宋时期，造船业很发达，船设有帆和舵。宋金时期，由于海州海战频仍，渔船不仅用于捕捞，还用于海战。这对造船技术的发展也是一种促进。当时，航海业也很发达，对外贸易商船往来不绝，与二十多个国家与地区有着密切的交往。明朝的郑和率领的庞大船队七次远航，遍历东南亚、印度洋各地，远达非洲东海岸。1905 年，张謇创办江浙渔业公司，引进国外拖网渔轮，揭开了我国使用机动渔船的历史。历史上，越来越先进的造船技术对我国海洋渔船的建造有着深刻的影响。海州湾的船，不管是沙船、小侉鸟、小舢板，还是木船、龙船、三桅船、五桅船，还是黄花船、远洋船、近海船，都脱不开历史的影子。

“谁谓河广？一苇杭之。”《卫风·河广》中旅居卫国的宋人思归不能，面对河水，反复唱叹的是他内心升腾着的无可按抑的归国之情。“纵一苇之所如，凌万顷之茫然”，达摩祖师一苇渡江的宗教故事，告诉我们要心存善念，行有善举，困难则可轻易化解。

商汤时代船的模样还在，它没有多少科技含量，也算不上伟大的发明，却值得我们崇拜。它静静地泊在时光的皱褶里，让人生出无边的遐想。

时光的痕迹

站在锦屏山中的将军崖下，已是薄暮时分。秋色中的小山包，岩石裸露，荒草摇曳。偶尔有几声喜鹊或乌鸦的叫声从头顶掠过，又很快融入云层中，消逝了踪影。仰望这方无边无际的天幕，不知曾有多少双翅羽在生动地舞蹈，最终都了无痕迹。而曾经在这方土地上繁衍生息的人，哪怕历经几千年上万年，还能给后人留下过往的痕迹，让你感受到“雁过留声，人过留名”是动物最本然的要求。如同崖下这几块黑亮大石上的岩画，享尽时光的积淀，抵挡成千上万年岁月的刀斧，承载着固定先祖行为痕迹的义务，在一个机缘合适的时间，让后人发现他们阶段性的存在。虽经千万年的风雨侵蚀，消弭了当初凿刻时锐石的火气和笔锋的尖利，但依然能映照出过往的生活，成为久远理想的回应。

西部的这组岩画刻有人面、兽面、禾苗图案，人与动物与植物相间列阵，人的身躯与植物根茎大小几乎相同。他们相互类似、相互平等、相互和谐地存在于同一天体下。人面的眼睛以同心圆中加一圆点表示。这样的眼睛不是经过理性的观察刻画出来的，也未经过情绪上的酝酿改造，我们无法辨别其喜怒哀乐，它的状态非笑非哭非恬然非对自然的观察与征服……太大的圆眼，像是一种单纯的瞪视或迷失，那是人类直立起来面对大自然若有省悟的愕然、矍然。他看见苍天、大地、万物、周遭，他惊觉自己的存在，并对存在提出疑问，也给予回答。这答案并非清晰的理念，而是一个说不明白的、凿刻出来的象形符号，这符号是问题和答案揉捏起来的大神秘。神秘是答，也终还是问。

他们是祖先又不像祖先，他们代表植物又不是植物，他们是个体也是集体，是人体也是兽体、植物体。他们在群体意识之中，在天地林莽中间，像所有的动物、植物一样自然生长。面对这岩石，面对这岩画，目光里会浮现出当时娱神、祭献、祈福那庄重且神秘的情景来，内心生出敬畏，似乎它们都浓缩在这深幽里了。

南部的带状星云图案，用大小不同的圆点或圆点外加圆圈表示，左上角刻有兽面，右上侧有三个排列规整的太阳图案，下侧有动物头骨图案，主体图案之间刻有许多表示星云的圆点或短线构成的各种图像。这类似日月星象的图案到底要表达什么呢？是祭日坛还是观星台，抑或是他们要瞻仰膜拜的苍天？众说纷纭。我们没有终极的答案，所有的玄机都深藏在这千万年的时光之中。一如商周铜器上的饕餮，佛寺金刚的怒目，随性的狂草，京剧的脸谱，都是离奇怪诞的符号，陈述存在的不安，讲生命的故事，是我们的潜意识与集体潜意识、本能与历史的沉积与纠缠。

东面的四个人面，用短线和圆点表示五官，其中两个人面头上刻有羽毛状饰物。想必在当年东方滨海之地的东夷部落，鸟拥有最强大、最繁盛的种群，以鸟为图腾表明了先民对自由飞翔的向往。鸟鸣声声，衔来海，衔来海上山，衔来海边州，衔来鱼盐，衔来稻米，衔来花果，衔来礼仪。

岩画中相互叠倚的三块石头，似与东夷先民奉大石为社神，“下有三小石为足”的祭祀风俗有关。时光的刀斧远看锋利，近看温柔，虽历经千年万载，却没有对这岩画造成破坏。这坚硬的岩石成了古人留下他们生产、生活痕迹的最通俗的材料，而今人再见这岩画的粗砺、质朴、稚拙时，仍然能够想象出古人身穿兽皮，头插羽毛，呼喊着简单的节奏，郑重地舞蹈着的画面。他们礼拜，他们倾诉，他们祈祷。他们祭祀赖以生存的皇天后土、阳光雨露，祭祀喂养他们的稻麦椒粮。他们奉天地奉自然为神，认同自己是自然界的一员。他们的舞蹈因没有曲折的情节和复杂的姿态而更像一种腾跳，这节奏和腾跳都是单调的，虽掺入错节的轻重变化，却仍然是执拗顽强的单调。这单调似乎有一种催眠、蛊惑、致瘾作用，使人被存在的神秘力量附着、鼓动、主宰，让人听它左右，祈望它不再停止，混入海水的潮汐、日月的交替、天体的运转，写出存在的惊叹号。

我们在生的匆忙和活的现实中，试着认识被人无数次注目的岩画，揣摩先祖凿刻这些图案的意图，了解这些造型符号，试图唤回最初始的生的本能。虽然几十年来天书的破解都没有进展，但我固执地认为，它们在等待，等待有能力解码的那个人的出现。宇宙洪荒，有多少过往都已屏息静气隐于苍茫的幕后，大地只是偶然地泄密，让过往的痕迹卧于青草间，埋于瓦砾里，任尘埃随意落下，不动声色。作为后人，最好远观静望，任疑云飞舞，守候那一帘幽梦。

藤花落痕

藤花落，这个名字诞生之前，一定经历了许许多多的艰辛。为着这历尽艰辛的美好的流传，为着过往的再生，时间选择让继续生活在这片土地上的人思索并说出来。它有着深沉的历史感，又有灵动的现实感；既有垂落的动感，又有盘踞的沧桑。藤花落龙山文化时代古遗址在 2000 年度“全国十大考古新发现”中名列前茅。

“紫藤挂云木，花蔓宜阳春。密叶隐歌鸟，香风留美人。”紫藤，在云台山并不鲜见。山中坡上沟边，人家房前屋后，都有它们的身影。那灰褐色的枝藤，刚劲古朴，如龙蛇般蜿蜒，垂挂着硕大的花穗。那些紫色的精灵，花序如蝶成行，一串串，一朵朵，紫中带蓝，灿若云霞，吐艳流芳。无数的蜜蜂、翠鸟穿行其间，嘤嘤嗡嗡、唧唧啾啾着成千上万句低语，诉说着悟不到头的盎然、读不通透的深蕴……恰巧有风经过，一阵质朴又空灵的香气便会氤氲而出。那香特立独行，从枝枝蔓蔓花花朵朵拂至鼻息，蔓延到全身，乃至空气中无处不在。仿佛一场初露端倪的爱情，紫色的身影、紫色的味道，充斥所有的空间，一条缝隙都不留。

万物皆有灵。不然，后人不可能隔着成千上万年，仍然能像在原始生态的大地上呼吸一样，生生循环于古老的气息与复杂的感动之中。就像这藤花，每至暮春，仍自由自在地怒放，因为考古人与它们相视一叹，在地下幽闭了四千多年的史前城址便会在大地上重现。

藤花落古城位于南云台山和中云台山的冲积平原上。那里三面环山，一面临海，易守难攻，且有肥沃的土壤，宜于耕作，地理位置优越，看得出是先人精心选择的结果。它有内外两重城垣，外城平面图呈圆角长方形，由城墙、城壕、城门等组成，面积约 14 万平方米，墙体由堆筑和版筑相结合筑成。夯土细密纯净。内城由城垣、城外道路、城门和城外哨所等组成。墙基本采用版块夯筑，还用大量木桩加固。发掘和清理的 35 座房址，分长方形单间房、双间房、排房、“回”字形房和圆形房等。门向朝西南，那大房子后院位置所保存下来的偶蹄类动物脚印和 36 码大小的人类脚印，还有脚印旁的栅栏桩洞，说明 4500 年前的人类已开始圈养动物。那建在台基上平面呈“回”字形的高台式建筑，该是一座举行宗教祭祀或其他大型集会的场所，与人们的精神信仰有关。那埋藏于城墙夯土中的长方形或椭圆形的土坑，当是埋置猪、狗甚至人的祭坑，表明我们的先人对无法驾驭的自然力和社会力的敬畏和崇拜。在那由水田、水口、水沟组成的稻田遗址里，既发现了水稻植体，还发现了与稻伴生的芦苇、竹等其他植物，表明农业生产已成为社会主要的物质生活来源。那数百粒炭化的稻粒，其中那一粒茶色稻谷，记录了人类赖以生存的物质资源的开始，刻录了人类果腹的最原始的食物；那些石斧、石锛、箭镞等，既是农业生产工具，也是狩猎、战争的武器，书写了中华农耕文明的历史，奠定了“藤花落古城华夏东来第一城”的地位；那个双目一闭一睁的鸟头状灰陶鼎足，那一块磨制精致的锥形玉饰件，那一个六棱柱水晶制品，把生活用品的实用性和装饰用品的艺术性完美地结合在了一起，手工业工艺技术达到了一定水平。这些古老的信息，已经触碰到国家起源、文明起源的课题，说明藤花落古城是一个有一定规模、人口相对集中，出现了等级制度和社会分工且有一定文化内涵的史前政治经济文化中心，是东方的一座原始城市。从这些遗物、遗迹中，我们可以想象古人类的生活场景，但我们难以复原他们简朴粗放的生活。这仅仅是管中窥豹，还有更多的未知等着我们去发现和研究。东海大贤庄、爪墩和锦屏桃花涧等旧石器遗址的发现，将连云港有人类活动的历史上溯至上万年以前。远古首领少昊曾在这里设坛祭日，建立以鸟为图腾的东夷古国，无疑成为沿海地区人类早期活动的重要依据。

也许是先人的一声呼唤，也许是上天的刻意安排，让中云刨地的后人无意中的一锄头叩开远古龙山人的一次最初的访问。藤花落这些实物资料像是历史长河中的一朵朵浪花，引领我们上溯到远古。它们灰旧、沉默，与内容浑然一体，保存着祖先生存发展的原始秘籍，久久地感动着你，抚爱着你。不动声色地以大地的本质，滋润你现世的安泰，提醒你时时回顾过往。即使离别千万年，它们也一如既往地在那里，等着后人发现它时惊喜的目光。于是后人不会无路可走，无情可寄。面对连绵的云台山，面对云台山下那梦幻般的紫藤花以及那一去千万年的紫色裙影，我们需要停下急急往前赶的脚步，回头看看我们的来处和那些沿路的痕迹。

如果我们不知道从哪里来，如何知道向哪里去？

一粒稻谷的诉说

一粒稻谷，像是一枚金黄的琥珀，浓缩着一片乡土的疼痛抑或幸福。一片稻田，喂养着一个村庄的蝴蝶、蜜蜂和麻雀，也喂养着一个海边古城的历史和今天。

站在藤花落古城遗址——连云港中云的西诸朝村，望着眼前普通的田野，仿佛看见很久很久以前，这片依山滨海的热土，温带季风气候下的谷地冲积平原上，林深草密，百鸟齐鸣，溪水潺湲，麋鹿成群。丰沛的雨水，长时间的光照，使这片野地蓬勃着一簇一簇的野生稻。身着兽皮的先民，男人“断竹，续竹，飞土，逐肉”，女人手持陶制盆罐，汲水做饭，涂抹一些只有她们自己才明白的符号。他们日出而作，日落而息。打鱼，狩猎，种水稻。于是，最早的房屋建筑，最早的陶器，最早的稻谷标本，在这片土地上诞生。尧舜时代，这里就是风水宝地，是我国最早也是世界最早的稻谷种植区。

一粒稻谷包裹着怎样的力量，经历过怎样的风雨，才能咬紧牙关，率领更多的稻谷撑起一个茅窝、一个时代？藤花落遗址里的那数百粒炭化稻谷，是大地胃里残留的一小撮，是龙山文化未及消化的一小撮。其中一粒茶色稻谷，从外形上看和我们现在栽培出来的稻谷非常相像，让后人可以直观地了解四五千年之前的先人简朴与粗放的生活。那古城址、水沟、水坑、水稻田，石器、陶器、玉器、水晶，诸多与稻作农业生产有关的遗迹，让专家有理由推测：当时，城外和北部外城之间有稻作农业生产区，为了抵御自然灾害及战乱，当时的人们除了在城外种粮食，在城内也可能设有生产区。

先民的生存与繁衍在很大程度上依赖有利的自然生态环境，一个氏族或部落都在一个相对稳定的空间长期发展，从而形成原始文化区域性的中心。事实上，连云港地区已知的龙山文化遗址已有 20 余处，基本上是以藤花落古城为中心。

1982 年，江苏农科院、连云港农科所又发现 29 处野生稆稻，仅藤花落遗址附近的云台山区就有 19 处。无独有偶，早在 1959 年，连云港市的考古工作者先后在二涧遗址、东海焦庄遗址、赣榆盐仓城遗址发现夹有稻壳的红烧土、炭化稻粒以及与稻谷加工有关的石碾、石刀、陶杵和石磨棒等工具。尽管采集和狩猎仍然是 7000 年前青莲岗文化不可忽略的经济方式，但原始稻作农业在遗址下层已经开始。我们的先祖 7000 多年前就学会了脱壳技术，将稻谷当作重要的食物资源，以稻作农业为本，进行生产生活活动。到四五千年前的龙山文化时期，我们的水稻种植已相当普遍。

一直以来，关于水稻究竟起源于何时何地众说纷纭，莫衷一是。比较权威的说法是起源于长江中下游。其实，浙江余姚河姆渡、桐乡罗家角，江苏连云港二涧村，河南舞阳贾湖，陕西西乡李家村、何家湾，湖南岳阳坟山堡、澧县彭头山等不同类型的新石器时代早期遗址都有稻谷遗存。时间跨度从距今 9000 年一直到距今 6800 年，分布在淮河上游、黄河下游、长江中下游，拘泥于稻作起源地中心非此即彼的一元说受到越来越多的质疑和诟病。中国史前及各个历史时期都有适合稻作起源的古地理气候条件，完全可以有几个甚至更多个独立的起源中心。连云港地区适宜的古代地理气候条件，多处野生稆稻的发现，以及丰富的古代稻作文化资料，无不表明连云港地区是世界稻作农业的起源地之一。2000 多年前徐福带领三千童男童女及五谷、百工，渡海求仙抑或开疆拓土，把稻谷带入日本并非神话，而藤花落遗址炭化稻谷的发现，将水稻传入日本的可能提前到四五千年前。而传入的道路与秦时徐福东渡扶桑、唐时圆仁入唐求法该是一样的路线。

如今的连云港市是江苏省中熟中粳水稻优势的主产区，是国家商品粮基地及优质粳稻标准化示范区。近年来，连云港市坚持科技引领、效益为重、生态优先，水稻生产得到了全面提升，品牌影响力逐步增加。据有关部门统计，连云港市的水稻种植面积常年保持在 300 万亩，亩均产量 610 公斤，稻谷总产量保持在 180 万吨。目前，全市有稻米加工企业 100 多家，还有多个有机稻米品牌、绿色食品稻米品牌和无公害稻米品牌。国家质量监督检验检疫总局还批准对东海大米实施国家地理标志产品保护。

海边古城的一粒稻谷，是我们进入远古世界的一扇小门，让我们从文化层面与先祖做一次心灵的对话。出土的遗迹、遗物透露出的古老信息，触碰了稻作文化起源的世界性课题，让我们在更大、更广的背景下审视与解读。相信里面还有更加让人惊喜的世界等待我们去发现。

东 渡

对于出生在海边的人来说，海是一种既可亲又可怕的存在。无论是小筏子、小舢板，还是大木船、机帆船，又或是舰船，相较于海的浩渺、辽阔与变幻莫测，统统微如草芥。大海上的一叶小舟脆弱得不堪一个浪头。可偏偏只有出海，才能满足我们的生存需要以及精神追求。海是渔家的衣食父母，也是渡海人的精神彼岸。所以，纵然有千难万险，却从未动摇过出海人的决心。就如那个叫徐福的人的东渡，经过两千多年时光的淘洗，逐渐成了一种不忘初衷、不屈不挠精神的象征。

公元前 255 年，徐福出生在古东海之滨的齐国琅琊郡赣榆县徐家村（今江苏省连云港市赣榆区徐福村）。徐家是医药世家，祖辈悬壶济世，驱瘟疫，治疑难，造福乡里，父亲徐猛被乡亲们亲切地称为徐医公。徐福是徐家长子，天性聪慧，生来爱水。三岁能背诵中草药药方，五岁能下河游泳，六七岁便能顺着离家不远的尧王河游到大海。有一次，徐福不知不觉游出了三十里水路，后因体力不支，沉入海底。幸遇身怀绝技的琴山岛渔公姜舟把他救了起来。姜舟喜欢他的勇敢和聪慧，不仅教授他“芦苇渡江”的功夫，还教授他跳水、冲浪、驾驭舟楫的技能和“徒手搏鲛（鲨鱼）”的本领。经过三年多时间，小徐福成了水中高手，海上奇人。回到家中，带领一帮青年人弄潮海上，打鱼养家，干得风生水起。后来，父亲又教习他药草药性药理，讲人体病理阴阳五行。徐福悟性高，学得快。为方便乡民看病治病，他一边跟着父亲行医，一边跋山涉水到郁洲山识药采药，还自己开辟种植园，种植连翘、金银花、还魂草等上百种药草。他夜晚攻读医书，白天研制药物，奔走乡野，为民驱病疗疾。他的治病药方民谣至今还在流传：“家有半边莲，可以伴蛇眠”“生吃山螃蟹，骨折不用请郎中”“喝了还魂草，吐血病人马上好”。他还编创“五灵操”，教习乡民强身健体。勤学好问、喜欢探险的徐福博采众长，拜各类高人为师，除了学习医药知识，还学习《道德经》《天书》、驭君术、医学、天文、航海、吐纳、导引之术、炼丹术、占星术等等，无不涉猎，最终成为知名方士。方士都爱求仙问道，徐福也一样。东渡觅蓬莱仙岛，一直是他心头所愿。

自战国至秦汉，由于受到变幻莫测的海市蜃楼的影响，海岛中有仙人居住，仙人快乐逍遥且长生不死的传说盛行一时。在沿海地区，上至君主王侯，下至方士黎民，多热衷神仙之道，出现了入海寻求长生不死之药的热潮。燕、齐国君就多次派遣船队远航去海上求取仙药，齐景公“游于海上而乐之”“六月不归”，徐福也多次出海探险，寻访仙家仙药。这也是我国沿海部落的先民们无数次航海探险的延续。可由于条件所限，远航没有一次成功。出海求仙之难，难于上青天。

公元前219年，秦始皇首次东巡至琅琊山时，一直痴心不改的徐福拜见秦始皇，想利用皇权为他出海保驾护航。他上书称，海外有三座神山，名叫“蓬莱、方丈、瀛洲”，是神仙们居住的地方。如果去拜访神山，便可得到长生不老之药。亦可开发疆土，扩大土地，探海寻源。若得金银珠宝，还可移民开采，强国裕民。一统天下、志得意满的始皇帝，自然希望自己长生不老、寿与天齐，扩大疆域。徐福的一通说辞给他带来了慰藉和希望，他立刻准奏。于是，徐福迅速赶回故里，着手准备。以紧靠荻水河入海口的大、小工坊为造船基地，征集当地产出的榆木、柞木、槐木等硬作木料，选拔能工巧匠，日夜不停赶造船只。如今在赣榆县徐福村附近的大王坊村和大港头村出土的2000多年前的数千棵柞树、槐树，都是造船的上好木料，还配有船板、石锚等和出海相关的器具，反映了当时的造船规模和航海情形。

海州湾自古以来就是天然良港，荻水口是从海州湾入海的最佳渡口，从此处入海，临岸又有纪鄣城能保障供给。徐福以琴山岛为中心，编队在海州湾进行出海演练。北上秦皇岛、南下吴越的渡海演练，使船队适应了海流和气候变化，熟悉了海洋生活，熟练驾驭舟楫。同时，徐福也在燕齐和吴越沿海一带征召童男童女，以及各类工匠人员和物资。经过一年多的沿海演练，无论是造船技术、驾船技术的提升，还是航海经验的积累，都为东渡奠定了基础。于是，公元前218年秋，拥有百艘楼船、七八千人口、物资齐全的船队，从海州湾浩浩荡荡向东出发。

可是，沧海茫茫，船队一直是靠近，靠近，期冀靠近神山，现实却格外艰难。虽然耗资巨大且历时9年，率众数次出海的徐福，并未找到神山仙岛，求得不死之药。神山在海的那边，缥缈不定，让人难以如愿。徐福常常踟蹰海边，望海兴叹。

公元前210年10月，秦始皇再次东巡。《史记·秦始皇本纪》记载："三十七年十月癸丑，始皇出游。左丞相斯从，……并海上，北至琅琊。方士徐福等入海求神药，数岁不得，费多，恐谴，乃诈曰：'蓬莱药可得，然常为大鲛鱼所苦，故不得至，愿请善射与俱，见则以连弩射之'……"希望能够永远统治这片亘古未有的广阔疆土的秦始皇，再次来到了徐福出海的地方，追究寻仙求药的事。徐福推托说出海后碰到巨大的鲛鱼阻碍，无法远航，要求增派射手对付鲛鱼。秦始皇应允，派遣射手射杀了一条大鱼。徐福再度率众东渡。不仅带了数千童男童女、精通各种技艺的能工巧匠，还有五谷种子、典籍、衣履、药品和耕具。有意无意中，他为大规模移民海外做好了准备。人员上，精心挑选三千童男童女，是未来繁衍人口所必需；物资上，有船队、谷种、药品、书籍等等，这样既能渡海，又能随时随处落地生存。这次出海，《史记》中只有“徐福得平原广泽，止王不来”这么几个字。徐福发现“平原广泽”（多认为是日本九州岛，也有朝鲜半岛之说）后，他感到当地气候温暖、风光明媚、人民友善，便“止王不来”，停下来自立为王，教当地人农耕、捕鱼、捕鲸和沥纸的方法，落地生根，一去不返。

东渡，隔着两千多年的时光，它的目的是求仙，是探险，还是避秦的暴政，抑或是为大秦开疆拓土，迷雾重重。有专家言，可以证实的是战末秦初，日本开始使用青铜和铁制的生产工具，开始了农业生产，尤其是水稻种植技术毫无征兆地凭空出现。在日本弥生文化遗址发现的铜剑、铜镜、铜铎，都与秦式青铜文化有关。这就以历史文物证明了徐福将秦朝的文明传到了日本，使处于绳纹文化时代的日本列岛迅速迈进弥生文化时代。在关于徐福的传说中，日本人认为徐福带来了童男童女、百工、谷种、农具、药物及生产技术和医术，对日本发展起了重要作用，因此尊徐福为“司农耕神”“司药神”和“航海神”。日本还保存着徐福登陆地、徐福祠、徐福冢、徐福井等很多有关徐福的遗迹。但也有学者认为徐福最终的目的地是韩国。因为韩国也有关于三神山和徐福东渡的传说和徐福曾经活动的遗迹。此外，还有说去了南洋的，也有说到了海南岛的，更有说到了美洲的。徐福入海求仙时就有三千童男女及百工相随，有几十条乃至上百条的船出海，海上风浪变幻莫测，所有船只不可能首尾相随、同时出发、同到一个目的地。因此，在中国漫长的海岸线上，在日本、韩国等好几个国家 40 多个地方都有徐福的传说就不奇怪了。徐福东渡作为一种独特的文化现象，无论是在历史上还是在如今，对中日韩三国的交流与交往都起着不可替代的积极作用。

我们不知道欧洲人最早出远海是什么时候，但我们知道哥伦布的船队出海发现美洲大陆，是在徐福东渡的 1700 多年之后；鉴真东渡日本也比他晚 900 多年。在规模上，徐福东渡也更为宏大。“徐福”是这一时期大陆移民的代名词，是一种文化源头的象征。考察这一源头的真正目的，在于寻找文化的认同和归属。

对一片地域的确认正如对它的怀疑一样艰难。为了考证这个人、这件事、这个地方的真实性，秋日的一个上午，我去了徐福故里赣榆，拜谒徐福祠。徐福祠位于赣榆区金山镇徐福村，原为徐福庙，也称兴会寺，始建于汉代，1988 年春天，赣榆县政府在原庙址建徐福祠。一抬头，我看见了徐福祠上空的云朵。干净的天空澄澈如海，飘浮的云朵给人一种虚幻的感觉，就像童年的云，也许更像 2200 年前出海那天的云。时间以节制而缓慢的方式在一朵云上流转。祠内建有正殿、东西配殿、东西长廊以及祭坛等，正、配殿均为硬山式仿古砖木结构，为秦代建筑样式。正殿中央的徐福坐像是古铜色的，头戴高山帽，身着大袂禅衣，眉头微皱，两眸机警有神，神情严肃，好似坐在海边的巨石之上，左手紧握书简，右手支撑岩石，目光凝视万顷波涛，身体微向前倾，流露出对出海的坚定信心和对别离乡土的眷恋之情。遥想两千多年前，他一次一次地东渡，主动或被动地背井离乡，漂泊在茫茫的海上，随时有被吞噬的危险。为百姓也好，为皇帝也罢，更多的是为了自己心中的圣地。那样地执着，穷极一生，锲而不舍。我无法做到的，无力抵达的，都化作一份疼惜、一种感动掠过心底。

东西墙壁上挂有记录徐福在日本活动的印记和表达日本人民对徐福崇敬和爱戴之情的照片，还有向人们揭示徐福村由来已久的佐证——放大的江西临川“徐氏宗谱”和金山乡徐福村“张氏家谱”复制品。西配殿陈列着徐福故里的部分出土文物，有新石器时代的带槽石斧和秦砖汉瓦。正殿前东西两侧，沿院墙各建有 15 米长的汉画像石长廊。廊壁上镶嵌着徐福村附近出土的汉画像石，“二兽戏舞”“禽兽戏舞”“龙的传人”“三鱼共首”“羽虎仰首”“回首神兽”等，雕刻精细，生动逼真。西侧长廊内还存有原始社会的石祖，秦汉时代的石船锚、石药碾等，充分反映了当地历史的悠久和文化的繁荣。东侧长廊内挂一巨钟。“钟鸣巨海”“天长地久”“日长地久”“帆起云天”铸于四周。在重大祭祀活动中撞击时，声音轰鸣，响彻数里，庄严肃穆之氛围更为浓重。

廊柱上有一副长联，上联为：泛万顷惊涛，浮槎东渡经历十度寒暑，壮志终酬，纪南熊野有仙境；下联为：谱千秋史话，祠宇重开牵来两国情愫，英魂可慰，苏北赣榆是桃源。东渡，数十年初心不变，旷日持久地坚持做一件事，留下千古佳话。如今的我们很难集中注意力坚持做一件事，对这件事意义的思考占据了我们的大脑。我们常常说服自己没有非渡不可的海，在疑虑与畏惧中，在徘徊与行动之间却横亘着一个比浮世更深的海。

整个院落庄严、清幽、肃穆，院内甬道两旁是花卉草木，其中有几株樱花、银杏和龙柏，是徐福祠修建落成时中日两国朋友共同手植的友谊之树。樱花早已零落成泥，银杏和龙柏黄绿相映成趣。金秋十月，正是当年徐福出海的日子。时至今日，每年的2月19征召童男童女日、6月19试航日、10月19出海日，在这里都会举办“老妈妈会”，纪念这位求药先祖，寄托“徐福载秦女，楼船几时回”的期冀。还有“徐福故里海洋文化节”，聚焦徐福文化，扬帆“海上丝绸之路”，有效提升了海洋文化的经济效益和社会效益。

如后人所言，横扫六合、气吞八荒的秦始皇“凡平生志欲无所不遂，唯不可必得志者，寿也”。人在时间面前的抗争是徒劳的，无论皇帝还是平民。

徐福东渡，有许多谜团待解或无解，对于后人，正如许多事情的结局，就是没有结局。

今日孝犹传

那一年炎热的六月，当你在狮子山下站定，当你抬起头，对着苍天，悲愤地发出三桩誓愿，刽子手手起刀落，你的鲜红的血改变了走向，驮着辛苦、心酸、冤屈、反抗，向上喷薄，喷薄上白练，喷薄上天空，喷射进人们的眼。朝阳大地盛不下你的冤情，狂风骤起，气温骤降，忽然间太阳被阴云遮蔽，鸟雀躲进了林间，鱼儿沉入了水底，花儿闭上花瓣，草儿蜷起了身躯。漫天雪花飞舞，像村庄的梨花开起来，像花上的蝴蝶飞起来，像你孝老爱亲的故事传开来，一片紧接着一片。

“小县曾开旧讼庭，迄今父老夜谈经。”汉代那个叫新县的小县城（今连云港市朝阳街道）为东海县治，山清水秀，人文荟萃。因旧县治被海水淹没后搬迁至此，故称此地为新县。作为一个具有诉讼机构的县治所，自然不乏公案故事。关于你的孝老爱亲、蒙冤遭斩、天从人愿的故事，更是家喻户晓，代代相传：你住在新县东北角的狮子山下巨平村，名叫周青。仁孝贤惠，年轻守寡，带着年迈的婆婆和年幼的小姑艰难度日。耕种稼穑，缝补浆洗，一肩担起生活的重担。平日里对婆婆十分恭顺，饮食起居照顾得非常周到，节孝之名有口皆碑。婆婆常在外人面前夸奖你，也为自己年老多病拖累你感到内疚。有一年春天，青黄不接，婆婆生病，茶饭不思。由于家贫，请不起医生，全靠你衣不解带、端茶倒水照料着。一天，有气无力的婆婆想吃红枣，可枣树刚刚发芽，哪有红枣呢？满腹惆怅的你，与小姑到狮子山下挑水，发现路旁枣树根边的一坨干狗屎上有一颗红枣，你如获至宝。拾起红枣，用清水洗七次，又放到自己的嘴里用唾液漱七次，把一颗枣子洗得干干净净，带回去给婆婆吃。婆婆喜出望外，马上吃了下去，心满意足地睡下了，没想到第二天再也没有醒来。你悲痛不已，非常自责，觉得自己好心做了坏事。邻里都劝你说："婆婆年纪那么大了，又好多天没吃饭，死与吃红枣没关系。"可小姑不信，一口咬定妈妈死在你手里，哭着上告官府。太守昏庸，听信一面之词，不问青红皂白将你抓捕入狱。你再三申诉都没有用，被判死刑。狱史于公了解你的情况，为你申辩说："这位妇人在我们乡间，是远近有名的孝妇，她不会做出这等伤天害理的事。请大人明察，千万不能冤枉好人。"巨平村的乡亲们也自发联名担保你的清白，那一枚枚鲜红的手印，是你心地善良、友爱乡邻、乐于助人的见证。可太守固执己见，还是要对你执行死刑。临刑前，你含泪看着赶来送行的乡亲们，对天盟誓：“假如我真的害了婆婆，就叫我顺顺当当地死去。否则，刀起头落，白气冲天，六月飞雪，三年不雨。”你人头落地，可尸体仍直立不倒，一股白气由断颈处直冲苍天，顿时乌云翻滚，寒风骤起，纷纷扬扬飘下一场大雪。人们被风雪迷得睁不开眼。睁眼后，你的尸体已经不见，只见婆婆墓旁多了一座两丈多高的新坟。天可怜见，六月飞雪，不仅证明了你的清白，也“免着我尸骸现”，天人感应，使人们肃然起敬。此后每年农历三月三你生日，十月十五你婆婆生日，官府、民间都来祭奠，以求人安年丰。新县孝妇的事迹也广为流传，你成为人们崇敬的偶像。人们自发在你坟前建起“汉东海孝妇祠”，民间敬称“娘娘庙”。

北宋《太平寰宇记》载：孝妇祠“在东海县北三十三里，巨平村北”（今连云港市朝阳街道境内）。可见，早在1000多年以前，朝阳境内就有了孝妇祠。2006年，在孝妇祠原址发现的一枚宋朝钱币（现收藏于祠内），正是千年古刹的佐证。

连云港是一块古老而又神奇的土地，早在1万多年前，连云港的先民们就在这里刀耕火种，创造了东夷文明，逐步形成了以鸟为图腾的东夷文化。这一古老文化在宗教文化上日益明显地体现出来。从东汉到明清，连云港的道教、佛教日渐兴盛。至清中期，云台山脉深山幽谷，多为佛道两家所占，寺观众多，仅新县小山湾就建有北海观音寺、将军庙（田横祠）、关帝庙、由吾庙、白龙庙、祥云观、郑公祠、土地庙、黄檀庙等十多座庙宇。元明清三朝多次修葺孝妇祠，以清两江总督陶澍私人捐款重建的规模最大："重建正殿三间，东厢三间，西厢三间，前山门三间，均画栋雕梁，整齐严肃。又建于公殿三间，慈孝堂三间，众神殿三间，（东）前山门三间，厨房三间，东屋三间，以及环冢筑垣三百余尺。至道光二十年（1840）八月落成，计期将及一年。周围种植树木，阴森茂密，以肃观瞻。殿前松柏摩霄，海棠抱月；殿后冢木参天，寒鸦噪晚。西厢一望，狮岩耸立，斜阳横亘于前。遥听松涛如吼，岚光飘荡，掩于几席间，真胜境也。"已然成为一处景观。"文革"期间，孝妇祠作为"四旧"被废掉，庙里办起了粉丝厂、农药包装厂，一座千年古刹的殿宇变成车间，一些碑刻被当作石头砌墙盖房。改革开放后，人们在原址上将新县街的兴国禅寺与原孝妇祠合建一处，使两庙成一体。

恢复与扩建后的孝妇祠，一座座殿宇气势恢宏，古朴雄伟，鳞次栉比排列在狮子山下。狮子山不高，海拔只有82米。山上林木葱郁，鸟语花香。山体西侧岩石裸露，怪石林立，远远看去像一头猛狮匍匐在那里，相传是《西游记》中文殊菩萨的坐骑青狮所变。近看几块巨石从南往北依次像唐僧、孙悟空、猪八戒、沙僧、白马，因形神酷肖，也有人叫它们五圣岩。西坡下的孝妇殿内供奉着你的塑像。门两旁"六月曾雪孝妇美德动天地，三年不雨昏官劣迹恨古今"的对联，仍然给人以天理昭昭，报应不爽的启示。慈孝堂对面的"东海孝妇传说生态展示馆""孝文化研究会"，于公殿边上的

“义工之家”，无不说明慈孝思想深入人心。别说三月三、十月十五这两天香火鼎盛，就是平日里，人们也会去找你求子、祈福、保平安。端坐殿内的你慈眉善目，似笑非笑，无始无终地显示着灵性。磕头上香的人们，毫无疑问都有一颗虔诚之心，所有污秽的、破碎的、失去的，在你悲悯的目光当中得到剔除、治愈和召唤。历经千年沧桑，孝妇祠仍能够香火延续，殿宇犹存，是你所承载的慈孝文化吻合了人们心中的企盼。

到了元代剧作家关汉卿的笔下，你的故事成了《窦娥冤》的原型和素材。你化身窦娥，你的悲哀、冤情更加泛化，成为当时广大民众以及作者关汉卿悲惨的化身。“有日月朝暮悬，有鬼神掌着生死权。天地也，只合把清浊分辨，可怎生糊突了盗跖、颜渊？为善的受贫穷更命短，造恶的享富贵又寿延。天地也，做得个怕硬欺软，却原来也这般顺水推船。地也，你不分好歹何为地。天也，你错勘贤愚枉做天！哎，只落得两泪涟涟。”你是一个正直、善良、敢于与黑暗势力抗争的妇女。严刑逼供下被打得死去活来，你宁死不屈。可当你目睹衙役要拷打你的婆婆时，你怕年过六旬的老人惨死刑杖之下，才说：“休打我婆婆，情愿我招了罢。”你宁肯自己背负莫须有罪名，也要保全婆婆性命。当你被押赴刑场时，首先想到的不是自己的不幸，而是怕婆婆看到自己披枷戴锁赴刑场而伤心。你的善良和孝心感天动地。你虽然被冤斩，但传递给人们的是一种昂扬、积极、充满自信的情绪，在神奇的幻想境界，誓愿实现，天人合一。“不是我窦娥罚下这等无头愿，委实的冤情不浅。若没些儿灵圣与世人传，也不见得湛湛青天。”你的反抗精神胜利了。

从《说苑》《汉书》，到《搜神记》《太平寰宇记》，你的故事在很多地方以很多版本流传，但善良、节孝、正直的基本思想贯穿始终，化育故里，感染周边，形成婆慈媳孝的风气。孝妇祠所在的连云港地区历朝历代不乏孝子孝妇，孝的故事俯首即拾，一茬茬贤孝媳妇、道德模范、孝行企业家、少儿孝星不断涌现，孝心循环不止。

回望孝妇祠，一座规模雄伟、设计严整的佛教庙宇呈现在港城大道旁。金光闪闪的匾额，红色的圆形廊柱，黑色的鱼鳞瓦，四角飞檐上的小兽，青山、翠柏、蓝天、白云，墓园旁粉白粉白的芝麻花，坡地边金黄金黄的番瓜花，还有紫莹莹的牵牛花，渐进历史的遗痕。正午的阳光刺眼，抬头的一瞬，只觉眼前光影浮动，好像一千多年的时光幽幽回转。那一朵一朵的白云幻化成一朵一朵的雪花飘飘洒洒，落在地上，落在庙宇间，落在孝妇冢前，我仿佛看到，一位少妇白衣胜雪，赤子情怀，穿越飞雪，从汉代款款而来……

花果山名片

提起一座城市，总有一些东西让我们铭记或怀想。它们就像这座城市的名片一样，让人在第一时间产生第一印象。就像说起西藏，人们马上想起朝拜圣地拉萨；说到广西，人们马上想到山水甲天下的桂林；提起甘肃，马上想起中国航天基地酒泉……说起连云港，人们也许会想起东海的水晶，连岛的浴场，孔望山的摩崖石刻，还有灌南的汤沟窖藏，等等，但吴承恩《西游记》中描述的花果山无疑最让人心驰神往。

看一个地方的文化，人们总是看高不看低。就像说到诗歌马上想到李白、杜甫，说到小说马上想到四大名著一样。所以，英谚有“宁可失去英伦三岛，不可失去莎士比亚”之说。因为莎士比亚代表英国文化，是英国的人心、品性与风格，是英国人的骄傲与向心力。一部《西游记》于港城人的重要性，胜过数千年二三流小说的总和。应该说，一个民族、一个地方的文化中，都包含着人们的追求、向往乃至信仰，这些东西构成了这个族群的精神支柱、精神能量和精神模范，就像西游文化于港城人一样。文化如水，润物无声。西游文化源远流长，花果山的传说深深植根于港城千百年来大众文化的土壤中。花果山传说是西游文化的缩影和核心。两千五百年前，《禹贡》就有载述。“淮沂其乂，蒙羽其艺”“羽 夏翟”，是花果山传说孕育、产生背景的原始依照。传说这座山从南方徙来，《山海经·海内东经》中记：“都洲在海中，一曰郁州。”郭璞注：“今在东海朐县东，世传此山自苍梧徙来，上皆有南方物也。”顾明乾《云台图识》引《三元真经》云：“三元神圣，驾五色祥云，乘九气清风，云台山上，放大毫光。”这山原是海中岛屿，山与洲之间隔着一个渡口，风涛险恶。康熙年间，海涨沙淤，渡口成陆地，游人才能“骑马上云台”。早在唐宋元代，“石猴出世”以及相关传说就在连云港民间广泛流传。在花果山小蓬莱景区的悬崖峭壁缝中，有一酷似石卵的椭圆形岩石，人称“娲遗石”。据传是当年女娲补天遗存的五彩石。由于长年吸纳天地灵秀、日月精华，石卵中孕育了一个石猴，有一天石卵突然崩裂，石猴便从中跳了出来。至今花果山不远处的猴嘴山头仍端坐着一个尖嘴猴腮、惟妙惟肖的石猴，很好地诠释了《西游记》中石猴出世的故事。传说石猴跳入一瀑布中，里面有一“人”字形山洞。洞外瀑布长挂如帘，流水四季不断。洞内有花有树，有桌有床，还有一眼泉水，大旱不涸，是通往东海龙宫的海眼。至今洞犹在，水帘也有，甚至泉眼还有水涌出，但如果拿《西游记》中描述的“一派白虹起，千寻雪浪飞。海风吹不断，江月照还依。冷气分青嶂，余流润翠微。潺湲名瀑布，真似挂帘帷”“翠藓堆蓝，白云浮玉，光摇片片烟霞。虚窗静室，滑凳板生花。乳窟龙珠倚挂，萦回满地奇葩……”的景象来对比，难免会失望。在清代流传的海州五大宫调曲目里有一首大调【满江红】《孙悟空》，全篇唱的是孙悟空从出生到被唐僧收为徒弟的故事，其中的“灵台山”即云台山。明代海州人张朝瑞在《东海云台山三元庙碑记》中明确提到“水帘洞”，与他同时代的淮安人吴承恩到连云港走亲访友，创作上就是受了他的启发也未可知。事实是《西游记》的创作，使花果山的传说人物和故事得以传播至国内外。清代诗人张百川的《云台诗钞》中，水帘洞、猴嘴石等地名赫然在目，可见传说与当时历史文化的渊源。还有三元宫传说、七十二洞传说、金箍狼牙石传说、十八盘传说、南天门传说、拐杖柏传说等等，代代相传，至今仍有很多地名、植物、景观佐证《西游记》中的描述。老君堂、牛王庙、沙河口、金牛顶、弥勒佛岭、乌龙潭、鬼门关、何首乌、冬青桃、拐杖柏、美人松、云雾茶等等，都成了《西游记》里主要情节的渊源。传说反映了花果山地区居民对自然的认识和征服自然的愿望，吴承恩更是以云台山中花果山的自然景观为基础和背景，吸取大量花果山传说，创作了从神猴出世到取经路途上除魔降妖的神话小说《西游记》，激发了港城民众的寻根意识，增强了人们对现实生活的热爱和对美好未来的神往。传说中的石猴成为港城城市形象与人文精神的代表。《西游记》精神被融入城市发展中，连云港人勇于创新、敢于争先的精神风貌成为地方发展的趋势和主流。

上千年积淀的文化传统给了港城人充分的自信，新时代的续写篇章将使西游文化产生更强的力量，成为港城人归属感和认同感的精神纽带。弘扬正气、积极向上、惩恶扬善的孙悟空形象与敢爱敢恨、敢为人先、勇于创新这种地方精神和身份的指认标记必将成为港城人秉持的有悠久文化传统滋润的“文化名片”，成为历史长河中的一道自信、靓丽的风景。

千年的美丽

凌惠平，连云港海州双龙汉墓出土的一具西汉女尸。40来岁，身高 1.58 米，皮肤是棕褐色，还有韧性和弹性。随女尸出土的龟钮铜印清楚地刻着“凌氏惠平”。曾为马王堆汉墓女尸辛追描绘图像的赵成文教授重施妙手，还原了一个千年前圆形脸、柳叶眉、双眼皮、樱桃小口的美丽女人形象，并由她丰满的颅骨形状，推测出生前的她家族显赫，生活安逸。你仿佛还能看见那个姣好的影像，皓齿明眸，银簪玉饰，于晨光明媚或夕阳西下的时光，端坐窗前，伴着婆娑的树影和婉转的鸟鸣，一双玉手，或轻拢慢捻弹琴，或飞针走线做女红，满怀心事交付指端。一些回响从历史深处款款而来，扯住你的脚步。

漫漫时光，风化了多少帝王将相，倾国倾城如玉环飞燕亦化为尘土，她这个名不见经传的女子却以不坏的躯体和容颜在两千多年后与我们相见，不得不让人尊崇和怀想。

在博物馆见了她之后，就常常在想，她是一个怎样的女人。

她静静地躺在博物馆的玻璃柜中，隔着一层厚厚的历史屏障，任我们做一些无谓的猜想。如果她有知觉，恐怕是情愿浸泡在冰冷潮湿的棺液里，也一定不愿意一丝不挂地在这里供人评头论足。在一些文化场馆中，博物馆应该是最安宁的地方。虽然堆积着成千上万年的时光，却乏人问津。本来来的人就不多，再加上来的人都心怀肃穆，脚步是缓缓的，足音是轻轻的，生怕惊动了久远的灵魂。对于陈列的那些古物，我们能感受或研究的不过百之一二，更多的是一无所知。只是由它们不同的形状、色泽等外表的迹象猜想当时的景象。当初活泼生动的真实岁月太过久远，所谓的感受或研究也只不过是我们的妄自揣测。在这里，只适合一个人随意地走，随意地看，随意地想，与古物自在地交流，让思绪穿越时空恣肆飞翔。

与她同葬一个墓穴的还有三具遗骸，从随葬品能推测出是一男两女。其中椁板内侧刻有“东公”两字的应该是她的丈夫了，他的身边也有象征身份和地位的龟钮青铜印。在汉代，年俸禄在二千石的官吏才能使用这种印章，再加上那些木牍、名谒，足以说明她和丈夫生前的富贵荣华。另外两个女人大概是她丈夫的妾了。四具遗骸中，只有她的保存完好，即便是被尊为“东公”的男人也不能幸免。

豆蔻年华，她是否遇见过心仪的男子，还是养在深闺直到初嫁？平日里是喜爱针线女红，还是琴棋书画？嫁给东公幸福吗？如果琴瑟和谐，他怎会再一再二地纳妾？这边床冷衾寒，那边男欢女爱；这边甜蜜的誓言还在唇边，那边张灯结彩颠鸾倒凤。情不可依，色不可恃，唯一真实而存在的是自己心中那一点对生命的执着。士为知己者死，知己者不遇，士仍为士；女为悦己者容，悦己者不可求，美丽仍自美丽。她仿佛是王右丞笔下开在幽谷的那朵花，自开自谢，自有一份高贵与美丽。

她一定有许多美丽而凄婉的故事，和尘埃一样，藏在岁月深处。

其实，所有出土的古物，都是历史的痕迹，是某一时代的标志。随她出土的每一枚钱币，每一个碗盏，每一份木牍，每一张名谒，都藏着动人心魄的故事。我们的精神渴望却不能渗透任何一件物品，哪怕是进入它们的表皮。

人的生命如此短暂与渺小，无法追索那些遥不可及的奥妙，但总有一些人想要厘清古物与久远时光千丝万缕的联系。然而，时光在这些存疑之作身上变得非常任性和吊诡，充满了浮想和暗示，任人各执一词。公说公有理，婆说婆有理。

我们虽然无法解开她死亡、驻颜、棺液、葬制等的谜团，但我们至少应该感觉到自身文化的断层和缺失，开始回溯和思考。我们仰望蓝天，那飘浮的云彩何尝不是她的汉服裙裾？我们俯瞰碧潭，那闪烁在水面的星光何尝不是她的千秋笑靥？

向海的目光

本来，孔望山只是几千年前那个以鸟为图腾的东夷部落后世郯国海边的一个小半岛，名不见经传。因为“孔子之郯之时，因登此山，遂以名之”，因为乘露盘，因为摩崖造像石刻，因为龙洞，因为文人雅士、政要巨贾登临赏玩而负盛名。孔子那望向大海的目光，充满着沉思和悲悯，如闪电穿过历史长河，又谦卑地消融于历史长河。

因此，孔望山只是山，也不只是山。它秉持着一座山的本色，又拥有超越一座山的寓意。那乱石，那树林，那野草，那泉水，还有白鹭、灰喜鹊、斑鸠和一些不知名的鸟儿，在这里都有独特的表达，仿佛隐藏着一个个故事，每一个故事都大有来头，隐藏着一些细节。那用来“收集、餐饮仙露”的承露盘，那“登山而望东海”的孔望亭，那佛教庙宇——

东海庙遗址，那足踏莲花的石象，那镇凶避邪的石蟾蜍……每个细节都有头有尾，另有细节隐藏其中。在望向远海的长久的凝视中，至圣先师看到了什么，想到了什么，我们不敢也无从揣测。是向郯子请教官职制度的学问，还是向东夷人传播礼乐，抑或是看出了在东海之滨繁衍生息的人们面向海洋的历史走向？历史的烟波太过浩渺，已经无法求证这些细节，我们只能认定，任何事情的起源都是有一定依据的。

山东侧的龙洞庵，善意地埋伏在两株千年古树的掩映下，蓦地跳到你的眼前。它最早建于东汉，当时叫东海庙，后又建龙王庙、龙兴寺。明代重建时，因旁有龙洞，才改名为龙洞庵。庵西侧的龙洞，是一个被海水浸蚀冲击而成的海蚀洞。传说古时有黄龙在此潜踪修炼，后腾飞而去。洞的四周，宋、元、明、清诸代题刻比比皆是，又以明嘉靖年间海州知府王同“龙洞良宵夜照，黄花满地秋香。此时此会文彦，一觞一咏情长。矗矗山岩曲抱，潺潺朐海东流。明朝分袂城市，琴尊回忆绸缪”最能让人浮想联翩。

山西麓的那一片依褚黄色崖壁的自然形势凿成的没有脱离山体的摩崖造像石刻，气息已变得十分温和，图形依然可辨。它们的敦厚和古拙，显示了时光无迹可寻的力量。凝目细看，一个安详横卧、瞑目受死的瘦弱的萨埵太子，正被老虎吞食，显然是舍身饲虎的佛教故事。再往西看，便是表现释迦牟尼离开尘世到极乐世界，众弟子“或悲戚或哀号”的释迦涅槃图。还有众多的立佛、坐佛、宴饮场面、叠罗汉图等等，形象丰富，神态各异。经专家考证，这是我国最早的摩崖佛像，比敦煌莫高窟还早二百多年，享有“九州崖佛第一尊”的美誉。我国佛教协会前会长赵朴初先生看到摩崖石刻的拓片和报道后，挥笔题写了“海上丝绸路早开，阙疑史实证摩崖。可能孔望山头像，及见流沙白马来”一诗。

两千多年前，汉武帝派张骞出使西域，开拓了横贯亚洲大陆直抵地中海的贸易通道，开创了丝绸之路。佛教也随之从西方传入东方。在距西域、长安遥遥千万里的丝绸之路达不到的东海边上的孔望山，为什么会出现东汉时期的佛教造像呢？众说纷纭。最合理的解释应该是，连云港在汉代就存在着没有被人们充分认识的以孔望山为起点经日南（越南）可达天竺（印度）的海上丝绸之路。孔望山的摩崖造像，应该是随海上丝绸之路而来的西方艺僧为弘扬佛法而择地雕凿的。孔望山所在的朐县是当时的一个国际港口。佐证这一解释的，是宿城山间的鹫峰石塔，以及西域康居国和尚葬于云台山的罗汉墓。

两千多年前，古丝绸之路从连云港出发；两千多年后的今天，中国兰新铁路西段与哈萨克斯坦土西铁路在新疆阿拉山口接轨，以连云港为东桥头堡的一条横贯亚欧大陆的现代丝绸之路又在这里诞生。这让世界贸易中心从大西洋沿岸东移到太平洋沿岸有了可能，让连云港成为国际化海滨城市有了可能。

孔子不远千里来此望海，秦始皇三次东巡至此，徐福率三千童男女从此入海，都蕴含着人类文明演进的含义。历史与文化常常互为渊源。孔子之所至，即文化艺术之所至。一部珠玑锦绣的《论语》，把一个文明古国读得青丝褪尽又遍地葱茏。他的儒家思想支撑了泱泱古国的文明骨架，他弘扬的伦理精神内化成一个民族的人文品格。从历史走向现代，从亚洲走向欧洲。两千五百年后，他的精神继续周游列国，全球有五百多处书院讲堂，传播着古老文化。东方先哲与西方女神有了穿越千年的对视与碰撞。以孔孟为代表的中华文明再一次角力世界文明轴心。

如今的孔望山顶，塑起了“孔子望海”的雕像。那望向大海的目光，望见了这个国际化海滨城市面朝大海、春暖花开的美好愿景，望见了这个集山、海、港、岛，融古、神、幽、奇于一体的港口城市的新一轮辉煌。

石棚山读石

石棚山不远，就在海州古城东边，孔望山和锦屏山之间。正是三伏天，听说海州本土画家谢来春在山上发现了一些新的象形石，迫不及待地约上他一起登山读石。

“山有巨石，复压岩上如棚，因名。”《嘉庆海州直隶州志》记载了它名字的由来。石棚山虽海拔不足百米，但山上奇石叠磊，林密草茂，更与刘备、糜竺、石曼卿、苏轼等人有渊源，“有仙则名”，常引人发思古之幽情。从公元前 221 年秦设朐县在海州，至今已逾两千余年。环列东西的云台山和锦屏山，南北对峙的孔望山和南大山，历经千年的风雨沧桑，初衷不改，依然守护着海州古城。石棚山就像一个巨大的盆景，端坐在南大山脚下，鸟语花香，四季常青，装点得海州城古老又年轻。

从朐阳门往东南行数百米，进入石棚山景区。蜿蜒的小道两旁，是成片的桃园和梨园。红的桃，青的梨，缀满枝头，茂密的果树林里有笑语传出，却看不见人影。

经过有汉白玉栏杆的石板桥，一条小河从桥下缓缓流过，河水绿得凝滞。河面上一窝一窝的小鱼争食嬉戏，听到桥上的动静，全藏了起来。像是没见过世面也不想见世面的孩子，水之外的事一律不管不问。沿山路上行，但见危石耸立，峭壁如削，路渐渐陡起来。谢老师一路走，一路介绍，“佛手”“佛脚”“海豹望月”“金猴拜山”“群龟探海”“犀牛斗象”，形神毕肖，交相叠错，倚搭天成，妙趣横生。越往上走，小路越窄，窄得容不下人的影子。还没到正午，太阳比酒还烈，熏得人脸也红了，心跳也加快了，头也晕乎乎的。汗水不知第几遍湿透了衣裳。同行的耿老师、方老师皆有中暑的前兆，只有73岁的谢老师，步履轻盈。“海豹一家亲”“天蟾独跃”“双马枕石”“鲸鱼岩”“蜥蜴”等等，不知是他还是前人，凭借丰富的想象力给这些石头取了一个个形容生动、画龙点睛的名字，赋予它们生命。对照眼前的石头，站在特定的角度看过去，无不“名副其实”，惟妙惟肖。谢老滔滔不绝，如数家珍，流连忘返。

继续登山。扶着远古的石头，抓一丝山风擦擦汗。一只鸟从头顶飞过，抛下几声清脆的叫声，仿佛提示着什么。一抬头，一块微微有些倾斜的黄褐色巨石杵在眼前。明代海州知州廖世昭所题“石曼卿读书处”六个汉隶，深入石髓，古拙可爱，清晰可辨。一阵山风送来的鸟语平平仄仄，操着古时的海州方言，反复朗诵着谁的诗：“芙蓉仙人旧游处，苍藤翠壁初无路。戏将桃核裹黄泥，石间散掷如风雨。坐令空山出锦绣，倚天照海花无数……”

石棚山赖以得名的石棚在山顶之上，顶石呈飞来之势。椭圆形的扁平巨石长二十几米，厚四五米，由三块大石从三面托起，形成一个天然大石室，石室之内又有后人凿出的许多石床、石桌、石凳，可卧、可坐。悬空的一面，有风吹来，仿佛摇摇欲坠。留下可惧，离去不舍。石棚之上镌有明代海州刺史王同所书“高行清风”四个大字，字迹遒劲高古，骨秀神清，让人读出刻石的刀锋，看见紧握刻刀的手以及景仰的眼神。一同刻进石头的还有刻者的呼吸，还有当日树木花草的香气。而我们只是文字的过客，是石棚的过客。

站在山巅——我们此行的制高点，一些石与一些石的故事随风掠过。透过糜竺墓、试剑石，我们可以想象，当年那个食客过万、富甲一方的“三国第一红顶商人”糜竺资助刘备东山再起的盛况；走过读书处、芙蓉洞、小九曲，我们也可以臆测，或携友游览，或披卷阅读，或抚琴而歌，或饮酒作乐，皆是“曼卿为人，廓然有大志，时人不能用其材，曼卿亦不屈以求合，无所放其意，则往往从布衣野老酣嬉淋漓，颠倒而不厌。……一时贤士，皆愿从其游”的石曼卿被贬海州郁郁不得志的无奈选择。“黄鹤一去不复返，白云千载空悠悠”，多少荣辱成败都化为过眼烟云。

极目远望，心胸变得宽广。暑热渐消，白云漫过来，一片白茫茫，白得澄明、清朗。

遥看云龙涧

从自然山水中汲取营养，从神话传说中采集流光，云龙涧，在生态景观与人文历史的中心，把岁月伸长。

鸟声啾啾，涧水潺潺，云雾缭绕中，一山的奇迹依次展开。云龙涧发源于云台山脉双石人山，从大鹰泉水库处一分为二，左为青龙涧，右为白龙涧。曲折幽深，跌宕起伏。两岸植被丰茂，草木葱茏，鸟语花香。奇石怪岩，石洞石棚，妙趣横生。涧水从石上流过，四季风景不同。天泉瀑布落差36 米，如一匹白练挂在青山之上，又如巨龙飞身而下，一时间山涧里龙吟虎啸，如雷贯耳。阳光下，水汽氤氲出七色彩虹，美丽壮观。夏日里，湍急的水流裹挟着袭人的寒气，无风自凉；冬季，晶莹剔透、如笋如玉的冰挂、冰珠、冰瀑，为萧条的山涧平添了一道亮丽的风景线。春秋两季流水相对平缓，喷珠溯玉，一派“清泉石上流”的恬适。每到雨后初晴或是地气上升时节，山谷上下云雾交融，浩瀚无边的云海波澜壮阔，如潮翻涌。山顶的大佛像似腾云驾雾，自九天而降，在变幻多姿的云雾中忽隐忽现，于神秘中暗含玄机和禅意。

踩着千年的清寂，行走在远古、秦汉和唐宋的花香上，走在想象中，听山涧物语。这里有距今四千多年的史前古城藤花落，发现奠基坑、房址、水稻田、石埠头等遗迹两百多处，出土了石器、陶器、玉器以及炭化稻米等动植物标本两千余件。藤花落以农业为主，以稻作农业为主的经济非常发达。遗址的出现掀开了苏北文明史的关键阶段——古国时期的神秘面纱，回答了中国起源的许多问题，同时也留下了许多待解之谜。

这里还是太史公在《史记·田儋列传》中精彩叙述的战国末年五百壮士英勇就义之地。齐田横不肯称臣于汉，率徒众五百余人逃亡海上，刘邦诏令赦田横罪而行招抚。田横为保全众人性命而去洛阳，途中自杀。留居海岛的五百余壮士闻讯，为表示对田横的忠心，集体挥刀自刎，舍身取义。当地人非常敬重他们的忠义精神，便收起他们的遗骨合葬于山顶。田横岗上，顶部岩石裸露，直面青天，是田横不肯称臣于汉以死保节的凛然正气吗？底部平坦如砥，是五百壮士“士为知己者死”的坦荡胸襟吗？一腔忠臣义士的鲜血，染红了山石，也染红了历史的天空。田横墓静悄悄地坐落在田横岗，四周林木森森，荒草萋萋。墓两边供人敬仰祭奠的田横祠，被千年的风雨侵蚀殆尽，但“迄今义士名犹在，荒冢长留碧血香”。

这里还有张果老点化的神泉，不管下雨还是晴天，水位都不增不减；无论是炎炎夏日还是冰天雪地，水温始终保持在 6—10 摄氏度。泉水甘甜清凉，被当地百姓奉为祛病消灾的神泉。这里还有狐仙姑义救孝顺的张姓后生的狐仙洞，小鹰爱慕水中倒影溺水而死的鹰泉坝，小白龙探母的白龙峡谷，以及惟妙惟肖的蛤蟆嘴、虎眼、白龙、玉兔、象鼻石等等，都有一段美丽的传说与之相呼应。

这里还有丰富的野生植物资源。益母草、何首乌、银翘花、百合、红花、当归、黄芪、蛇谷草等随手可采。葛藤、板栗、葡萄也比比皆是。山腰的万亩梨园，每到清明时节，满山遍野的梨树竞相吐蕊，犹如白雪覆盖，像一片片云霞飘荡在山间。山中的“百年红杏王”“千年银杏树”让人感悟世事消长，解读沧海桑田。

遥看云龙涧，目送一个一个春天远去，美、善、忠孝、节义这样的字词，留在时光深处，接受一代一代人的瞻仰和检阅。

回望苏马湾

通向连岛苏马湾的路在青山碧海间跌宕起伏，车如一匹骏马飞驰腾挪。一边的山，草木葱茏，鸟声啾啾。一些不知名的小花悠闲地开着，草们就更随意了，爬得到处都是。一边的海，辽阔苍茫，浪花卷雪。偶有汽艇从海面快速划过，犁出一道白色的波浪，给宁静的大海增添了几分动感。沙滩上，五彩缤纷的太阳伞，像一朵朵盛开的花朵。三三两两的游人踏浪淘沙，享受着与海的亲密接触。即便风驰电掣的马，也会忘情地收住四蹄，流连观望。

青翠连绵的山峦，环抱着幽静的海湾。细细柔柔的沙滩，好像谁的臂弯，箍着一汪碧蓝，仿佛油画一般。岸边褶皱千叠的海蚀崖，铮铮嶙峋，在海潮的冲击下发出震耳的轰鸣。如千军万马，拥围一域的浩渺与宁静。海蚀台、海蚀穴、海蚀窝层层叠叠突兀于海边，似鬼斧神工开凿而成。形态各异的礁石林，龙头、龟背、蟾蜍，神形毕肖。潮头边，数不清的海浪石，大如磨盘，小如拳头，恰似一大群神态各异的虾兵蟹将。那迂回曲折的两公里木栈道，像一条长龙蜿蜒于大沙湾和苏马湾的岸边礁岩之间，似乎稍有风吹草动，就会游向大海。东南侧的龙后宫，几道突起的岩脊如几条石龙从海中跃起，仿佛在向山坡上爬去，蜿蜒曲折，栩栩如生。此时，山上云雾渐起，白白的雾气缭绕升腾，好似马踏祥云。波涛阵阵，仿佛战马嘶鸣。如真似幻，异象纷呈。也许明末大将苏子恒遇上的就是这样的时刻。于是，清兵入关后，他带领自己的贴心兵将来到这个孤悬海外的岛上，耕田牧马，养精蓄锐，以图东山再起，反清复明。成片的沙滩让马有地方撒欢，成片的绿草让马有富足的草料，海潮退去后的滩涂锻炼了马的耐力，环海面山的环境也让战马无处逃逸，贼人不易盗猎。一旦烽烟燃起，战马乘船运出，即可投入战事。山上幽深的绿意和海上跳荡的霞光让大将苏子恒的壮志雄心有了某种寄托与指向，在他将马鞭挥出的时刻便具有了哲学与美学的意味。像许多传说一样，英雄豪杰与战马成就了一段千古佳话。苏马湾这个名字是人们对苏子恒在当地除暴安良、劫富济贫行为的最好纪念。在停车场附近那口常年不干、井水清凉甘甜的饮马井旁，可以寻到一些他当年养马的踪迹，让传说多了一些现实的依据。

如果没有人说，即便是当地人，也很难想象这个地方有多么古老。连岛，古称鹰游山，因“群鹰常集其上”而名。

《山东通志》称："海道第一程也，东为鹰游山，西为孙家岛，两山对峙为门，船所必由，又谓之应由（鹰游）门。"《江南通志》也记载："在州东北海中，去平山十五里，一作嘤游山，元时海运之所经也。"连岛及鹰游门在古代海上交通中的突出地位显而易见，让人有理由相信，这里是传统的海上丝绸之路西去的起点，东延的门户。

山脚下有一处东连岛东海琅琊郡界域刻石，是王莽时期的遗存，距今已有两千年。"东海郡朐与琅琊郡柜为界，因诸山以南属朐，水以北属柜，西直况其。朐与柜分高顶为界，东各承无极。始建国四年四月朔乙卯，以使者徐州牧治所书造"，是我国迄今为止保存完好、内容明确、有确切纪年的唯一的汉代界域刻石，也是我国最早的有关海洋权益法的刻石。刻字古拙的隶书中，带有明显的篆意，是研究中国书法发展史不可多得的第一手材料。对汉代的历史、疆域以及书法发展史的研究有着重要的价值。

山腰间的金圣禅寺，有三层阁楼，飞檐翘角，琼楼玉宇一般，供奉着从这里登岸入唐求法的九华山开山始祖金乔觉。一千多年来，他的思想在温润的四季里畅游，如大海一样蔚蓝，如天空一样澄明。

海湾古老，爱情却亘古常新。"海誓""山盟"两块临海巨石前，有一对情侣穿着结婚礼服拍照，为这个美丽的海湾增添了浓郁的浪漫色彩。遮阳伞下，三五游客或坐或躺，看一群少女嬉沙踏浪。浪潮拍打着她们的花裙，她们像一只只欢快的鸥鸟在海风中飞舞。树林中的一些小木屋，外面看似原始简陋，内部却都是现代化的设施。推窗看层层浪花，卧枕听阵阵松涛，多的是一些时尚休闲的惬意。

朝霞夕辉，潮去潮回。当年叱咤风云的将军早已作古，与之有着某种联系的海湾却进入永恒。一声马嘶自历史深处萧萧传来，一点一点淡出画面。

回望苏马湾，幽幽的一片蓝，填满你所有的想象。

一树玉兰照眼明

清明前后，春寒未尽。一场盛大的花事绚烂在南云台延福观。那株有着八百多年树龄的玉兰花王，如期绽放。近二十米高的树身高大挺拔，树冠高擎千朵万朵白色的花。那抹白，温润、细腻，白得单纯，单纯到丰富，誓言咒语般简单明了；白得清澈，清澈到幽深，禅示暗喻般深不可测。如一片雪涛云海，一尘不染，暖玉生烟；又如一团雪白的光，灼灼地然而又很温柔地在天空与大地之间闪亮，让人目眩神迷。

相传这株玉兰是明初紫丹道长移栽的。当时的云台山孤悬海上，山似围屏，奇石如海。玉兰远离纷扰喧嚣的尘世，不与百花争艳，在暮鼓晨钟里一站千年。哪怕荒山野岭，哪怕人迹罕至，任时光在花开花谢中流逝。时令一到，就把洁白的礼物拿出来，馈赠天地，馈赠山，馈赠石，馈赠邻近的银杏、栗树、李树，也馈赠人。港城人喜欢它，把它定为市花。历代文人对玉兰也多有歌咏，《浮生拾慧》里说，玉兰先花后叶，以其花色似玉、花香如兰而得名。花瓣呈勺形，两端窄，中间宽而凸。花朵与绿萼连接处的那一抹淡淡的绿意，仿佛只是为了映衬它的白。这株玉兰花开九瓣，比一般的玉兰多两瓣，片片如扬起的船帆。朵大直立，丰腴肥硕，香味幽远。明代文徵明有《咏玉兰》："绰约新妆玉有辉，素娥千队雪成围。我知姑射真仙子，天遣霓裳试羽衣。影落空阶初月冷，香生别院晚风微。玉环飞燕元相敌，笑比江梅不恨肥。"写玉兰如粉琢玉雕的仙子，上天赐予她仙气飘飘的霓裳羽衣。当她沐浴在新月的清辉里，环肥燕瘦俱往矣，只有她的丰盈清丽留存。还有沈周的《题玉兰》："翠条多力引风长，点破银花玉雪香。韵友自知人意好，隔帘轻解白霓裳。"前两句说玉兰如银似玉又像雪，摇曳生姿。幽幽的香气从绽开的花瓣里飘逸而出，淡雅柔和，清新宜人。后两句说玉兰花朵细腻洁白，凝重明丽，似丰腴端庄的少妇，虽"轻解白霓裳"略显轻薄，却不影响她"试比群芳真皎洁"的魅力。

站在树下仰望，留有霜雪痕迹的枝干上没有一片新叶，只簇拥着一朵朵硕大如盏的花。花形饱满润泽，挺秀飘逸，各具情态。有的还是圆锥形的花骨朵，毛茸茸的，挺立着，攒着劲要破茧而出；有的打开两三片花瓣，半开半合，像一只只白色蝴蝶栖落在枝丫间；有的花瓣已完全绽开，似一群白色的鸟振翅欲飞。那衬在花朵后面的蔚蓝天空，如平静清澈的湖面，清风拂过，洁白的花朵像一群白天鹅，在湖面翩然起舞。

不同的植物面对世界有着不同的形态，精致和简约各得其所，它们有着各自不同的历程。含羞草细细密密的叶片和小绒球似的花蕾上星星点点的白，无不体现造物的精致；而这一树不动声色的白，毫不遮掩地展开，质朴纯净的本色赫然在目。随便一个角度，都能感受它的简约。

这一树的白，是从冬抑或更早的时候便开始酝酿，花期却不长，四月底便香消玉殒。玉兰春光之短暂，如人生韶华之易逝。上帝造物不会厚此薄彼，让有智慧的生命体验生之愉悦，也体验死之痛苦。人生的春天只有一次，在冬天的尽头，年华便会深藏于地下，永不复返。而无智慧的草木却可以四季循环，冬去春来，花开依旧。人都以为可以认识一棵树，亲近一棵树，但它自有不可亲近和不可揭穿的秘密让人心生敬畏。

一树玉兰照眼明。走向一树玉兰花的白，是走向绽放的绚烂，也是走向凋落的释然。

独木成林

也许是一棵白果树跋山涉水找到了这个村庄，也许是一个村庄跋山涉水找到了这棵白果树，总之，在北云台山南侧这个叫白果树的村庄，有一棵树龄 1000 多年的白果树。它像一根唱针，在村庄这张唱片的深处划出一支厚重质朴的民谣。春种秋收，雨雪风霜，它以高大的身躯、宽阔的胸怀，独木成林，分享人们的快乐，抚慰人们的忧伤。

从平山向东，过老君堂，过刘庄，过金湾，便看到立在埝头的白果树了。埝头之称由来已久。大约 200 年前，北云台山还在海里。山民称山外的平原地带为“海外”，自己则为“海里”人。他们的先人是谁决定在这片山坡垦荒种植，是谁在这里选址造屋，是谁晒盐渔猎，又是谁原创了第一则谚语和传说？湮没在时光里的无尽回望，无法描画出先人的艰苦卓绝的生存境遇。历经百年、千年，山民们于隋开皇五年（585）在中云台山与北云台山之间的平山与巨平山之间修筑了一条大坝，挡潮护田，称万金堰。埝头在捍海堰东边，唐宋时，官府在这里设取盐处，云台山周边的人们到这儿购买、领取食盐，取盐处的标志便是这棵大白果树。这里一直是前、后云台山之间的交通要道，是宿城、高公岛前往诸曹至南城的捷径。唐时，日本佛教天台宗第三代座主圆仁率众来中国"求法巡礼"，曾经经过这里，还留下了文字。埝头、黄九埝、金湾等一些地名至今沿用，与白果树一起见证着沧海桑田的变迁。到了清咸丰元年（1851），五羊湖由海峡成为内陆湖，海水退到了东边十里开外。山脚下泥沙淤积的滩地，因雨水和山洪的冲刷，变成了可耕可种的薄田，形成了小小的村落。

白果，学名银杏，是古代孑遗植物，有活化石之称。因挂果迟，爷爷辈栽种的银杏树，要到孙子辈才能吃到白果，所以也叫公孙树。云台山的白果树很多，现存树龄 800 年以上的古树有 22 棵，其中树龄千年以上的有 10 棵，白果树村的这一棵雌银杏树是其中之一。

这棵白果树是有记载的离海岸线最近的一棵，屹立海边千余年。它体态高大，身形优美，虬曲盘龙，冠如华盖。粗壮的根部，占地约 12 平方米。自根部向上，约 1.5 米处，生出五株枝干。其中最大的两株胸围约 3 米，另两株胸围 2 米有余，最小的一株胸围也近 1 米。树高 20 余米，冠幅东西约 20 米，南北 21 米，如一把巨大的伞，庇护着村庄。细看是一棵，近看是一丛，再远看竟是一片小树林。

春天里，白果树黑褐的枝丫上，冒出一簇簇新叶，如蓓蕾初绽，嫩嫩的，绿绿的，新生儿一般，惹人爱怜；夏日里，绿叶郁郁葱葱，像一把一把袖珍的小扇子在风中招展，又像一团层层叠叠的云，笼罩出一片阴凉；秋日里，一树浩荡炽烈的金色，像太阳初升天际的金色霞光，把村庄照得亮堂起来。从绿色到金色，对一枚白果树叶来说，是千里迢迢的路途；对村庄来说，不过一夜之间，仅隔着一场梦境。叶子越来越黄，天越来越蓝，天空高远，从这片黄与蓝之下走过的人，突然感到自己“一尘不染”。忽然一夜北风，经霜的叶片渐渐枯黄，簌簌飘落，白果树删繁就简，露出遒劲的枝干。在地面铺上的一层金毯里，落满了椭圆的淡黄的白果。收成好的时候，能收上千斤白果。

白果的外面包裹着一层柔软的黄色的皮，像杏子，只是没有杏子大。要用脚搓或手剥掉这层皮，再用水冲洗干净果实，然后放在太阳底下晒干，最后才是我们看见的米白色的白果。白果可炒着吃，可煮粥，可泡酒，也可将果仁捣烂，开水冲服，有定喘止咳的功效。

村里的老人们说，这棵白果树遭遇过斧钺之灾。很久很久以前，由于海盐运输的需要，盐商招来许多木匠伐木造船。大家各管一段，各有分工。外号张二麻和李巴眼的两个木匠负责伐埝头的一棵大白果树。领了任务，两人带上工具，兴冲冲地来到树下，开始动手。刚把树锯开一个小口子，树就流出红色的血来，紧接着又神奇地愈合起来。两个人大吃一惊，心里害怕，不敢再锯。可不锯又不能按期完工，官府追究起来也吃罪不起。两人一筹莫展，坐在树下发呆。忽然听到白果树里有声音飘出来："现在这里急需大木材造船，赶快通知小椿不要来，来了白哥就在劫难逃了。"木匠一听，眼前一亮，看来白果树犯香椿树。于是，他们砍了棵香椿树当楔子，锯多少，楔进多少，终于把白果树锯倒了。不到一年时间，张二麻和李巴眼不知身患何症，莫名相继死亡。第二年，锯茬口长出了一根主干，四周生出两根高、两根矮的枝干来，紧紧环抱着原来被砍的树干，像孩子团团围着母亲。乡亲们称它是"怀中抱子"。

由于年代久远，白果树在人们的心目中已经被神化。在白果树树根正南侧，摆着一座香炉，里面积满了香灰。周围的百姓经常来此烧香，祈求千年古银杏保佑他们幸福平安。香炉南边立有一块石碑，上面刻有《题白果树》："寺旁果树不知年，种植之人想似仙。钟秒凌云吞白日，双根抱子映蓝天。纸图花萼成精实，那问沧桑有变迁。可恨森林不共处，一身惯立大山边。"白果树北原有一座庙宇，早已废弃，现在那里已经盖上了民居。

千年古白果树，沿山势错落的民居，质朴的村民，淳朴的民风，东张西望觅食的老母鸡，看着陌生人先"汪汪"示威，继而摇尾乞爱的大黄狗，柿树，山楂树，樱桃树，紫藤，月季，狗尾巴，组成一幅美妙温馨的图画，古朴、灵秀、安静、从容。村庄里的许多人、许多事，穿过树叶，沿着树干，沉淀到庞大的根系里，一起守着时光，守着白果树千年不老的秘密。

塔映波光

也是初秋，来到花果山下的大村水库旁，遥望那座千年古塔，寂静肃穆，高耸入云。塔映波光，水光山色，飞鸟鸣禽，碧草沙洲。“云生翠麓足盘旋，古塔临波入水圆。残暑无情侵胜境，新秋何事上吟肩？遍山草木伤心色，历代兴衰过眼烟。唯听禅因九层外，千年犹在涧中传。”诗人张百川在百年前的初秋吟出的诗句犹在耳边。

阿育王塔，高 40.58 米，九级八面，全砖结构，线条明快秀逸，风格雄浑古朴，是我国目前现存最早、最高的一座佛教原始古塔。始建于唐，重建于北宋，迄今已千年有余。历经兵火战乱、风雨剥蚀、地震侵袭和岁月风霜的洗礼，仍然头顶蓝天，凭风云起伏；脚踏大地，任日月浮沉。身处喧嚣的凡尘之中，未曾沾染半点的世俗之气，如一位有生命、有灵魂的智者矗立在那里，挺拔伟岸，雄伟壮观。以一颗宁静淡泊的心直面人情冷暖；以一种沉着从容的姿势，在四季交替中重复着不变的箴言；以博大的气度、悲悯的襟怀，看世事变幻，沧海桑田。

仰望花果山，重峦叠翠，色彩斑斓。近看如今叫大圣湖的大村水库，群山拱卫，垂柳依依，波光塔影，相映成趣。水面上成群的水鸟或凌空起舞，或微步碧波，旁若无人，悠闲自得。千年古塔依然如明时“古塔穿云”，如清时“塔影团圆”，在初秋和煦的阳光下散发着古朴厚重的气息。塔旁重建的海清寺将以“厚实挺拔、古朴庄严、亭台楼阁、曲径幽深”风格的古建筑为框架，以阿育王塔为中轴线，分别建前山门、塔院、大雄宝殿、藏经楼、观音苑、龙舟阁、坛场、佛教文化研究中心等。据说，海青寺过去是花果山三元宫的下院，不管游山观景者，还是上山进香的人，他们都要渡过南城风急浪高的恬风渡，然后到海青寺歇脚留宿，于次日进山赏玩。即使在云台山与陆地相连以后，人们仍旧把海青寺作为理想的歇息之处。南城诗人邱心坦的《过海清寺》写道：“风急飘寒雨，鞭催马不前。云横山半塔，虹勒海东天。”当年情景可见一斑。

大村的老者传言，阿育王塔周围有八条大涧，加上正西面的大村海浦，这里就潜有九条“龙”。塔后的神山长长地向东延伸，山体有节，犹如凤凰的身体一般。八涧争流时节如凤凰展翅，海清寺塔就位于“凤凰”的头前。古塔不仅是两“腋”夹“四龙”，也有“牵龙导凤”“镇山压海”之势。

1974 年维修阿育王塔时，在底层转梯后面发现了地宫，从中取出了不少珍贵的文物。我们有理由猜测，牵住“凤头”、镇住“九龙之穴”，应该就是海清寺阿育王塔选址于此的目的。

随着连云港旅游业的发展，海青寺正式开放之期已不远。三国王朗墓前的碑座，已从原来的花果山乡政府移到了这里。这千年石龟歪着脑袋打量着似曾相识又焕然一新的家园，露出了心满意足的神情。

古道随想

暮春时节，海州文友邀我一起走走塔山古道，欣然应允。

站在古道入口处，两侧山崖逼仄，让人心生敬畏。山上杂草树木一片葱绿，赏心悦目。向山脊南北眺望，这条宽不足 3 米的小路，依山地的自然形势铺筑而成，平坦处铺青色或褐色块石，斜坡处凿成台阶，缓坡处顺势修筑成平整的山石路面，高岗处劈成凹槽形路面。上上下下千万块山石经过上千年的踩踏，改变了当初的形状。有的早已偏离了最初的位置，东突西翘。石缝里的荒草因为少有人迹，长势愈发地好。走在路上，要不断地低头看路，防止一不小心因脚下凸起的石头摔一跤或是被荒草绊倒。

可就是这条小道，当年是南北商旅的必经之路，盐商通过它来往于海州、板浦，驴驮马拉，客货流量繁盛。还因为两面山峰陡峭，地势险要，适宜伏兵，在军事上也是南北交战的必争之地。路的走向由西北向东南，从古海州出东门，经塔山山脊西侧，南下穿过林木扶疏、古老幽静的山谷，沿九龙涧东侧山坡逶迤南接岗嘴夹山口古海港，是宋金时期从海州南下至淮安的一条重要通道。800 多年前南宋大诗人辛弃疾曾骑着战马经这条古道来到海州，抗金杀敌。威风凛凛的诗人将军，为凝重的古道增添了丰厚的文化底蕴。古道成为一道界线，一进一出都是命运的沉浮。古道东侧 2 米高处的摩崖上有一块刻有《新设山路记》的石碑，记述了金人和海州土著居民共修石湫桥、开山筑路的史实。沿石碑东侧顺山势开凿的石阶上行，被墨绿苔藓遮盖的凿痕依然鲜明，看着深深浅浅的刻痕，仿佛听到匠人叮叮当当地凿石的回声。在山石凿成的遗址塔基上重建的文峰塔，赫然矗立在山巅。“鉴于州学鲜举甲科者，便建文峰塔于塔山”，在生员南行赴淮安府参加科举考试的必经之塔山古道旁建高 8 米的 6 层实心石塔，并取“文峰”之名，表达了时任海州知州任兆炯希望本州学子金榜题名的殷殷之心。

文友们在塔前小憩，或拍照，或闲聊。山风扑面，松涛曼吟，野花烂漫，鸟语唧啾。一山的清幽，一山的古韵。海州在金明时期是海赣沭灌的政治、文化、经济中心，南北货集散地，当时镇守海州的金朝军队中的地方行政长官，为了经贸往来和军事上的需要，组织人力将原有的山路依照山势进行了修筑，并在路边勒石为志，当时的辉煌与盛况可见一斑。古道西侧的一处石壁上，刻有清人题写的“不见桃花树，云封石室空。登山怀旧迹，留咏翠微中”诗句，至今还清晰可见，耐人寻味。与市内那些繁荣畅达的通衢大道相比，古道纵使废弃，纵使荒芜，却仍能借助历史的机缘，从时间的尘埃里脱颖而出，让人铭记。可见，这路和其他事物一样，让人怀念的依然是它沉淀下来的文化风采。

文友们皆已走远。我独坐道旁石上，心底冷泉一般沁出来的是幽眇难言的思绪，脑海中浮现出北宋大学士苏东坡先生被流放海南遇赦北归过梅岭时写的那首《赠岭上梅》：“梅花开尽杂花开，过尽行人君不来。不趁青梅尝煮酒，要看细雨熟黄梅。”眼前的古道，荒凉，颓败，人迹罕至，曾经的繁盛烟消云散。但内心依然有所期盼，期盼在我们并不辽阔的生命里，有一次偶然相逢，哪怕相逢的只是“过尽行人君不来”的感慨。

或许，正是这份期盼，让我们在岁月的路上启程、休憩并最终抵达。

波涛晒雪

渔家号子

一阵阵海州湾腥咸的风迎面扑来，“哎嘞嗬啦，哎哟哈……”，不多的方言语气词组成号子的内容，曲调铿锵质朴，节奏感很强，如波涛拍岸，似浪花絮语。从事摇橹、打桩、起网等不同工种的人们放声歌唱，或激昂高亢，或婉转悠扬，于抑扬顿挫中释放劳动的艰辛，增添捕捞的乐趣，诉说对美好生活的向往。

连岛，自古以来就是漕运的必经之路和渔船聚泊的避风之港。沿岸依山势筑屋而居的人们，世代在无风三尺浪、有风浪滔天的大海上讨生活。无论大帆船还是小舢板，都是他们的衣食饭碗。“船是三块板，动动就要喊”。从抬船、扯篷、起锚、拔弹，到抛锚、打户、张网、拿鱼，几乎每一步都是重体力活。或许是劳动强度太大，需要一个群体节奏一致，齐心协力。或许是劳动过程单调乏味，不甘寂寞的他们需要把心里的艰辛和无奈倾吐出来，在劳动中用方言喊起来。渔歌号子粗犷雄浑，节奏明快，带着浓郁的地方特色，渔民那种豪迈、奔放的性格特征一览无遗。每一位渔民既是号子的歌者，又是号子的欣赏者，号子撩拨着每一个人的心，激发着他们劳动的干劲和对海的热情。干什么活，就喊什么号子。没有人刻意去教，也没有人刻意去学，连岛人自能参加劳动起，一旦进入那些特定的劳动场景，号头（领号人）一开腔，众人会条件反射一般卡着拍子呼喊起来，一领众合，节奏鲜明，铿锵有力。打户号子雄浑高亢，似涛拍击岸边；撑船号子豪迈奔放，如船乘风破浪；开网号子委婉悠扬，像浪花低吟浅唱。一声声简单质朴的吆喝、呼喊，似从海底滚滚而来，穿过浩渺的水面，诉说着古老又年轻的情怀，传递着驯风驭浪的勇气和力量。“哟来，撑起船哪，哟嘞哦嘞，格上哟，哎嗨哎嗨哟……”在撑船号子中，他们站在船舷，手握橹杖，古铜色的皮肤油光发亮。蓝天白云下，风口浪尖上，他们双臂有力地摆动，一桨一桨犁开幽蓝的海面，两道白色的波浪簇拥着船儿向坞上进发。

停船抛锚，开始打桩系网。打桩也叫打户，准备一根长到可触海底的楠木，下边装上两尺来长的铁管，用斗（不是榔头）将其“打”入海底。需要五六个人手拿斗绳一齐往下用力砸打。这时的打户号子最能直接表达他们的心声：

一记斗阿里

嗨哎哎嗨呀

捞住手哇

嗨哎哎嗨哟

打得好哇

嗨扎

张得好哇

嗨扎

大斗打啦

嗨扎

小斗摇哇

嗨扎

这块地呀

嗨扎

出金条哇

嗨扎

斗和泥哇

嗨扎

张虾皮啦

嗨扎

吃住夯呀

嗨扎

不要桩啦

嗨扎

要蟹壳子

嗨扎

一大筐啦

嗨扎

当心眼呀

嗨扎

心船装啦

嗨扎

嗨扎

嗨扎

嗨扎

嗨扎

喊号子既是一种劳动的召唤，又是一种生活的激励和乐趣的体现。起网拿鱼是海上捕捞活动的高潮，大家都很兴奋。除船老大掌舵外，其余人员各司其职，一齐动手，用号子统一节奏。头脑灵活的号头触景生情，张口就来一些如“网口张，装满仓”“搁把劲，大把掐，掐得准，装得稳”“朝仓倒，人人笑。装满载，发大财”等的即兴歌词，配上众人铿锵有力的“嗨扎”，充满劳动的力量和丰收的喜悦。

世事消长，连岛传统的海洋捕捞作业慢慢减少，与之相匹配的承载着渔民的汗水和泪水、叹息和欢笑，用以劳作抒怀、交流情感的渔家号子也渐渐淡出了人们的生活，衍生一代又一代的遗憾与渴望。透过遥远的时间和空间，曾经的渔业劳动场景蕴含着许多岁月的美好。新时期的连岛人带着对过往的一种敬意，也因为一种渗入血液的难忘，借助海岛独特的山海风光，将渔家号子文化元素渗透到旅游中，让游客体验拾海、垂钓、撒网、捕捞等系列活动。

当渔民，吼号子，吃海鲜，渐渐成为连岛旅游的风尚。渔家号子文化不仅在本地传承，也在向外拓展和弘扬，给连岛人以慰藉和向往。

波涛晒雪

唤醒一杯“猴乡红”

一杯“猴乡红”云雾茶的成名，与位于花果山景区小村的绿祥茶业生产合作社密不可分。不知它是从小黄山的山岚中逃生，还是从鸡鸣山的雾霭中出现，抑或是从小黄山与鸡鸣山中间那水库的雾气中走出，来到绿祥茶舍，从而走上中国国际茶博会红茶评比的领奖台，斩获金奖。

一个秋日的午后，我们开始了探寻“猴乡红”云雾茶之旅。

从市政府向东，车沿花果山大道前行，两边的大学城、研究所、消防中心高楼林立，鳞次栉比。至金箍棒造型处弯上城郊公路，继续向前，右拐入一条小巷。走不多远，与沿路城市风貌不同的山野风光便出现在眼前。远处群山叠翠，云雾缭绕；近处草木繁盛，阡陌纵横。眼前一座白墙青瓦、古色古香的两层小楼掩映在绿树繁花之中。沿楼前石阶上行，但见穿着素雅布衣的茶舍主人张义香出门相迎。一楼茶舍不大，沿墙货架摆满了包装好的茶叶。那包装确是与众不同，茶盒全用桐木做成，显得精致而华贵。中间一张几米长的木质茶桌上，摆放着一溜茶具。竹编的小花篮里，随意地插着几支青竹，几支月季。茶有红茶也有绿茶。我们直奔主题，请主人给我们泡“猴乡红”。她打开茶盒，夹一小撮茶叶放到透明的壶中。但见茶叶整齐、小巧，淡褐色中夹杂着少许金黄，色泽油润，颇为美观。还未浸泡，就有香气散出，隐约之间颇似金银花香。提壶冲入少量开水，把叶子浸透，待水温略降，将开水自高处注入。一冲一顾，来回三遍，利用冲力，让叶子翻滚，颇有些“凤凰三点头”的闲情。入口品尝，先是茶叶的青涩，而后舌上感到润滑，入喉则清甜，令人回味无穷。再看颜色，初泡时，颜色新鲜。看似干枯的叶片在水中徐徐绽放，沉重的暗红色舒卷成一杯红云，犹如舞者的裙裾，轻飘飞扬。再泡则茶叶愈发柔软，情状更加妩媚灵动。似无数的丽人行走云端，体态婀娜。三泡则如小家碧玉，朴素无华，内敛而不张扬。多泡之后，茶色由暗红转棕黄再转淡黄，犹如半老徐娘，饱经风霜，遥想绰约风姿，回味悠长。整个茶舍香气氤氲。这香味中，有豆香，有花香，有果香，还掺入了鸟雀们几声绿色的鸣叫。浸淫在这香气中，你不禁想用虔诚的心来祭茶。祭茶祖神农，是他尝百草发现茶叶；祭研茶始祖陆羽，是他留下一本《茶经》繁衍出茶文化；还想祭张义香一样的茶农，是他们一代一代相沿袭，一天天、一年年地沉淀、演绎，让茶和茶文化在中华大地生生不息。

说起云雾茶，张义香告诉我们，在生产过程中，合作社注重生态化、有机化管理。除草、防病虫全部采用人工手段。为了改善山土土质，在茶树种下后，全部施用豆饼、豆饽、农家肥。茶树基肥充足，后发有力，长出的茶芽油亮肥厚，制出的茶叶还有淡淡的豆香味，耐泡且香味持久。为了采摘到新鲜优质的原茶，茶农们在采摘茶叶前一天会用水喷洗茶头，在采茶前洗干净双手不留异味。为改善云雾茶的生存环境，增强云雾茶的特质，合作社运用生态化种植技术，在茶园中种植枇杷、木瓜、桃、山楂、蓝莓、金银花、桂花等果木和藤本花卉，借助果木的香气预防茶树的疾病。同时，花粉在茶叶梯田的空间中传播，不同季节的不同瓜果花木香气渗透到茶叶中，使生产出来的云雾茶清香可口。我们都知道，连云港云雾茶一般只出春茶，夏秋两季便“歇业”。如何将夏秋茶利用起来，让红茶产业成为云雾茶发展的新动力，成为一些有识之士关注的问题。有个别茶业龙头企业经营者在酝酿建立红茶生产线，张义香也是其中之一。张义香邀请武夷山茶界权威专家进行技术理论指导，组建了红茶研制课题攻关小组，派人到全国各著名红茶产地和企业学习。在茶园管理、鲜叶采摘、加工、包装、销售各个环节制定严格的标准，严把质量关，规范红茶发展。为了提高茶叶品质，她专门新建无尘制茶车间，聘请苏南著名茶庄的制茶师傅来教合作社的工人们制茶。他们吸收江南茶的特点，把云雾茶茶形做成龙井的扁形、碧螺春的圆形和绿茶的银芽（雀舌形），将别人的长处转化为花果山云雾茶的特点。经过反复试验，终于研制出以本地茶青为原料，经过发酵而制成的云雾茶系列新产品——“猴乡红”。光听名字，就会让人联想到孙悟空、花果山、连云港。这种红茶在炒制摊晾时会散发出浓郁的金银花香气，泡出的茶汤红亮剔透，入口后味道绵甜，也更易保存。

是什么样的环境才生长出如此特别的茶呢？我们满怀好奇，去往她的茶园。茶园在名叫小黄山的山上。山坡和山顶全都是这几年开垦的茶园。周边有鸡鸣山、葫芦山，小山连绵，杂树密集。鸟声在树中忘情地婉转呼应。木瓜、桂花、月季点缀在路边、坡上，一个碗大的鸟巢筑在一棵杨树的树梢，仿佛风一吹，就会往下掉。山间的小动物踩在林中的落叶枯枝上，发出窸窸窣窣的声音，去得迅疾，连影子都没留下。小黄山和鸡鸣山中间的水库，水质清冽，映着几朵白云，泛着幽幽的蓝光。在小黄山的半山腰，有两幢占地数千平方米的楼房，靠下面的一幢是办公和包装车间，靠上面的则是制茶车间。张义香告诉我们，她做云雾茶，并不是为了赚多少钱，只是觉得连云港山海相拥，云雾缭绕，茶树生长的地理环境得天独厚，再加上悠久的种茶历史，怎么说，都该有自己的茶叶品牌。

张义香在谈到自己的云雾茶经营时说：“要让荒山变绿山，希望将来会有越来越多的人在谈到《西游记》时，除了想到连云港花果山外，还能想到花果山的云雾茶。”

一杯“猴乡红”，是连云港地域文化的载体，是一种特定的文化象征，如西湖龙井、洞庭碧螺春、黄山毛峰、云南普洱、苏州茉莉花一样，是一种牵动乡土情怀的称谓。我不知道，一杯“猴乡红”能为连云港茶产业发展做出多大贡献，但我相信，“猴乡红”是弘扬茶文化的一个良好开端。

一杯茶，在山野之中将人们唤醒，为人们亲近自然、回归自然寻找到一条捷径。

春满宿城云雾香

闺中好友宋，嫁到宿城山中，久未谋面，心中惦念。“春风百草香”的春日，前去探访。

这一天是个大晴天。坐车过隧道后，那边晴朗无云，这边薄雾朦胧。沿着山间杂草丛生的小路蜿蜒而上，露水打湿了裤脚。这时，太阳露出了笑脸，照得薄雾似有似无，照得满山遍野的一丛丛茶树青翠欲滴，一星星雏鸡舌般的新芽鲜嫩、水灵。时见背着竹篓的采茶人穿梭其间。翻过两道山梁，来到了黄毛顶上石墙红瓦的宋家。四周林木森森，鸟声唧唧，百草生香，涧水淙淙。若不是这鸟语水韵，我真的怀疑自己是置身于一幅淡墨山水画中了。

谈起云雾茶，宋的爱人老张告诉我，老一辈人传说，云雾茶的发现是因为一条大蛇偷吃山民的鸡蛋，不知就里的山民请当地有名的悟正和尚捉妖。悟正和尚用鹅卵石换掉鸡蛋，蛇中计吞食后，腹痛难挨，找到一种小树的叶子吞食后，竟轻松离去。由此，云雾茶成了人们的杯中宝物。

我惊奇地问：“云雾茶真能把石头化掉吗？”宋粲然一笑，传说总归是传说。不过，由于宿城三面环山，一面临海，常常是晓云未散，海雾又起，温差小，湿度大，云雾茶芽叶柔嫩，早在宋朝时，便被列为贡品。到了清朝，乾隆皇帝一次微服私访，到访宿城大竹园悟正庵。老和尚给客人泡了一杯云雾茶，汤色黄绿，清亮晶莹，条索舒展如枝头新叶，滋味醇厚，鲜浓回甘，齿颊留香。客人饮后当即赞道：“宿城山上有仙庵，上有仙庵云雾间。云雾间生香四溢，生香四溢宿城山。”一首回文诗，客人的才情让老和尚惊叹，恳请再赐墨宝。客人也不推辞，即兴挥毫“龙团凤饼”四个大字，落款为“题宿城山云雾茶天书”。老和尚一看，便知是乾隆皇帝的御笔了。从此，云雾茶也被称为龙团凤饼，年年朝贡。近年，云雾茶还以“味醇、色秀、香馨、液清”的优良品质跻身于江苏四大名茶之列，制作云雾茶的传统手工技艺也被列入省、市非物质文化遗产名录。

宋告诉我，云雾茶制作有十道工序，包括采摘、摊晒、杀青、揉捻、理条、搓条、烘干、散热、包装和储存。为了满足我的好奇心，她说刚好有新采的鲜茶，可以让我一看究竟。说着，她站了起来，围上一条素色围裙，不经意间，显露出了女性的柔美曲线。她出门抱来柴火，往灶洞里放，把铁锅烧到 160℃左右，把茶叶倒进锅里杀青。只见她用灵巧的双手将锅里的茶叶撮起然后往上抛，再撮起，再抛，重复了无数次。待叶片松软了，用刷把茶叶撮到簸箕里摊开散热，接着按轻——重——轻的力度进行揉捻。待茶叶成条状后，又放到锅里用文火翻炒，同时进行搓条直至烘干。在袅袅香气中，她告诉我说，炒制一斤干茶要用四斤鲜茶四万多个茶头。炒制过程中，火候一定要掌握好。火太大，易糊；火太小，则香味溢不出，颜色也不好看。她不无骄傲地说，做什么事都是有学问的。因炒制技术好，她每年仅卖茶叶收入就有三五万元。像她这样的制茶户，在宿城有几百户。

宋把炒好的新茶用茶勺撮了一点放在杯子里，提来一壶刚烧开的山泉水，倒了三分水在杯里，也不加盖，待茶叶舒展后，又倒进了七分水。一股清香扑鼻而来。抿一口，那微苦中的余甘，果真让人气爽神清，有“两腋清风起，我欲上蓬莱”的感觉。似有我，似无我，身外之物化作烟雾散去，天地间只剩一杯茶，一个我。袅袅香气，如清风拂面，秋水盈润。

告别宋，已是“万壑有声含晚籁，数峰无语立斜阳”的黄昏。云雾茶，绿在宿城的山上，一缕清香，从陆羽的《茶经》中飘来，从乾隆的“龙团凤饼”中飘来。时光捡起背篓的影子，在一片片芽叶上继续生长，人们牵着手走上绿色发展之路。

一路下行，薄雾渐起，家家户户飘出沁人心脾的云雾茶香。我怀疑我会走不出这春的宿城，走不出这云雾茶香了。

从一种酒香中醒来

从一种酒香中醒来。

这酒香唤醒你的心灵、记忆、感触和希望……

这酒香，盎然如枝叶复苏，绵绵长长，从马陵山深处涌来，飘过鼻翼，一缕一缕钻进你的肺腑。八百里清秀山川，站在时间的背景之外，将传说娓娓道来。果真是当年顽劣的孙大圣在天宫偷吃蟠桃，偷喝仙酒，撒下桃核成就的一片桃林？果真是大圣舍给老赤龙的那口仙酒酝出的旱不干、涝不溢、寒暑不竭的老龙泉？果真是治水成功的大禹王为告慰鲧的在天之灵，犒赏治水有功之人，而派司农夷狄在桃花盛开的春天，采马陵山川之灵秀，取老龙泉水之精华，窃桃夭夭之奥秘，夺高粱谷物之造化，建窖支甑，酿出的丰满绵柔、香味独特的美酒？还是孔子率弟子周游列国，登马陵山望海楼看海上日出，饮桃林美酒助兴，微醺之时评价“瑶池玉液，不若此汤”的美酒？不知是酒香让至圣先师的思想闪耀智慧的光芒，还是至圣先师让酒香千古流淌？孙膑在马陵古道活捉庞涓，犒赏三军的酒香还在桃林上空飘荡；黑旋风李逵“痛饮三碗桃林酒，斩断千秋万古愁”的豪情还在桃林的风中回响。在桃林，岁月繁茂的枝叶间，往往藏下了许多不可言说的秘密。

这酒香，朴实如五谷歌唱，从高粱、玉米、大麦、豌豆地里跑来，滑过舌尖，一瓣一瓣绽放春情。初品，口舌生津，齿颊间一片清新，神清气爽；再品，一股暖流自喉间滑落，暖沉丹田，荡气回肠；三品，血液流通，筋骨舒展，飘飘欲仙。低回时，如登萍渡水，欲罢不能；高潮处，率真任性，豪气干云。举头埋首之间，弥漫的酒的香气浓得化不开。女子陷进去，粉面含春，娇弱成一朵含苞欲放的桃花；男子陷进去，面如重枣，伟岸成一棵苍劲挺拔的桃树。

这酒香，甘醇如醴泉初冒，叮叮咚咚，从山涧、古井、幽潭中奔来，掠过唇齿，一点一点叩开你的心扉。早在雍熙年间（984—987），南茂隆、北茂隆的酒香，便“名扬苏鲁三千里，味占苏北第一家”了。清时，桃林镇马氏族人兴办的酒坊已有十余家，桃林酒被正式列为贡品御酒。同治年间（1862—1874），桃林镇走出的武举人马连甲官至安徽督军，因平叛有功，进京面圣，将桃林酒进献给慈禧太后。太后的一句“此酒只应天上有，人间哪得醉一回”，让这酒香誉满神州。那御赐的桂花树至今仍枝繁叶茂，花香袭人。那馥郁的香气，让人分不清哪一丝是花香，哪一丝是泉香，哪一丝是酒香。

这酒香，是否也曾映鸿门的刀光剑影，或释太祖的兵权之患？是否佑曹操煮梅酒以论天下之英雄，或成“李白斗酒诗百篇”之辉煌？从明到清至今，喝过了多少春花秋月、雨雪风霜，喝出了多少人情冷暖、世态炎凉？酒香载不动这千古的是非功过，自顾流芳。

双脚踏上桃林的土地，空气中随意挥洒的酒香，让你一个激灵，嗅觉、听觉、味觉乃至每一个毛孔都从浑浑噩噩中醒个彻底。这里每一株谷物的拔节都是天籁，每一声鸟鸣都是音符，每一滴泉水的流动都是五线谱。每一个沐浴香气的人，流连得久了，都会被浇灌得春风满怀。

是的，就在这桃花盛开时候，在这桃林酒厂，在这老龙井旁，在这桂花树下，从桃林酒的香气中醒来。

面塑人生

聪明活泼的孙悟空、憨态可掬的老寿星、雍容华贵的杨贵妃、威风凛凛的钟馗、东渡的徐福……在海州面塑艺术工作室看到的一个个小面人，五颜六色，栩栩如生。一团毫无生气的面，经过面塑技艺传承人徐姝姝的捏、搓、揉、掐，便成了活灵活现的各色人物，让人爱不释手，浮想联翩。

捏面人也叫面塑，在岁时节令风俗中扮演了举足轻重的角色，虽说是登不上大雅之堂的小玩意儿，却在人生各个阶段的仪式中，有着不可取代的地位。它不仅是一些人养家糊口的手艺，更承载着无数淳朴厚道的乡里人的梦想和企盼。我小时候，一些讲究点的人家，在孩子满月，十岁、二十岁生日，老人过寿，新房落成，祭祀等重要时刻，都要做花馍、蒸寿桃、捏面人。满月礼，是人来到世界上的第一个比较隆重的仪式。舅奶奶家要做一盘有十二属相造型的面人，孩子属什么，就在那个属相上点一个红点。中间放置龙、凤或虎头，寓意为龙凤呈祥或猛虎驱邪。送与孩子，分给来探望庆贺的亲友吃，取免灾之意。孩子出水痘，还要“烧满龙”（也叫“退盘子”）。就是在农历六月，选个双日子举行祭祀仪式，祈求各路神仙保佑孩子平安。祭祖谢天地之后，拿一条板凳，上面放三个做成龙形的馒头和五样菜，在床前、门前、灶前、水缸前、河边、沟边、桥头、土地庙等地方，烧龙牌纸磕头，祈祷床神、门神、河神等等保佑孩子健康成长。老人过寿的寿桃最为喜庆，“群仙祝寿”“福寿延年”“百鸟朝凤”等等，色彩艳丽，造型生动，深得老人和孩子的喜爱。那些年，家家不富裕，面食也不是能敞开肚皮吃的，这些亲戚邻居家办事分享出来的面人，成了孩子们最好的零食和玩具。

面塑的制作原料是常见的白面和糯米面，制作工具也简单，主要是拨子、篦子、镊子、剪刀、毛笔。整个制作过程有十几道工序，主要是选料、配料、和面、塑型、上笼、蒸制、着色、组装。面塑用的面粉，要用四成糯米面和六成白面两样掺和起来，用热水烫着揉。加入一些防腐剂、甘油、蜂蜜，经过揉、搓、挤、削、压、挑、拔等造型技巧，塑成寿桃、石榴、花草、小鸟、小鱼、兔子、龙等。人物按身、手、头、面的顺序制作，再加上发饰和衣裳，顷刻之间，设计好的形象便展现出来。再用相关的工具处理好细节，就可以上笼蒸了。蒸熟后，刚出锅的面人粉嘟嘟、肉乎乎的，如同一个个刚出浴的小精灵，光洁如玉、圆润可爱。守在屋门口的我们，再嘴馋也不舍得偷吃。待它们凉透后调色、上蜡、塑型，各式各样的植物、动物、人物和丰富多彩的美景就呈现在眼前了。

面塑的起源应该与远古的图腾崇拜有关。追本溯源，从人类茹毛饮血到神话中的神农氏“教民食五谷”，我们的祖先从捕捉野生动物、采摘野生植物，发展到自己种植植物、生产粮食，为面食的加工提供了物质条件。进入新石器时代以后，出现了磨盘和磨棒，又为五谷面粉加工创造了条件。到商周时期，原始的陶制、青铜制笼屉和蒸锅也已出现。春秋战国时期，由于生产力的发展和生活水平的提高，谷物的品种、种植量都有增加，人们对食品的要求又有提高，出现了较多的面点食品。战国石磨的出现，让面粉的加工技术又有进步，使我们的祖先从粒食进入到粉食的新时期。春秋时期，人们会“用面粉做鬼头，顶在头上舞蹈”；三国时期，孔明征伐南蛮，以面料制成人头与牲礼来祭拜江神，安然渡过泸水；唐宋时期，面塑与曲艺结合，创作的题材更加丰富；而明清时期，大街小巷中的那些面塑艺人通过灵巧的双手，捏制出各种精细的、生动的、有故事情节及文化内涵的具有观赏意义的面塑艺术品。直到今天，我们依旧能在各种古街小店和文化展会上搜寻到它们的身影……

面塑是民间工艺，且地方特色鲜明。面塑不仅有着栩栩如生、惟妙惟肖的艺术造型，原汁原味展现着当时当地特有的风土人情，还渗透着浓厚的文化底蕴。海州面塑造型夸张，形象饱满，色彩艳丽，注重神态，整体淳朴敦厚，亲切自然。所塑生肖动物，夸大头部比例，刻画尾巴动感；所塑孔雀、凤凰等鸟雀，夸大嘴巴和眼睛比例；所塑人物、植物，也都各有侧重，生动传神。

徐姝姝说，她爱上面塑得益于母亲。她的母亲赵国梅虽非书香门第出身，却也濡染着传承民间艺术的家风。受家庭环境影响，赵国梅自幼跟随父亲学习捏制面人，在父亲的言传身教下，从手法青涩到能通过熟练的技巧来表达自己心中所想，最终成为一位民间面塑制作人。作为海州面塑技艺的非物质文化遗产代表性传承人，赵国梅在面塑的道路上钻研了几十年，创作出《孙悟空》《钟馗醉酒》《黛玉葬花》《姜太公钓鱼》等人物肖像作品百余件。其中，《钟馗醉酒》曾在2015年世博会手工大赛中，以独到的海州面塑风格和精湛的海州面塑技艺荣获一等奖。

由于海州面塑捏制手艺、程序复杂，现在有些年轻人不是很愿意学，上了岁数的人学习起来又有困难。再加上面塑技艺需要长期的摸索和实践，无形中也增加了学习和传承的难度，所以海州面塑也面临着后继无人的困境。近几年，赵国梅手把手地教女儿学习面塑，在继承祖辈各家各派的制作工艺的基础上，和女儿一起翻阅了大量的艺术资料，研究、创新海州面塑手法。徐姝姝认为，除了往唯美的方向发展面塑作品，还需要考虑如何让更多的人接受它，让它产生更大的社会影响。需要更新艺术表现手法，跟上时代节奏，满足人们的审美需求，向国内外展示海州地方特色文化；探索创作一些具有地方特色的旅游纪念品和礼品；结合现代艺术，做一些民俗传说主题的面塑；结合时代特色，宣传典型人物和动漫形象；等等。

这位“80后”女孩，和母亲一起创办海州面塑工作室，通过传授海州面塑手艺，培养了不少青少年面塑爱好者，把海州面塑传承下去。她们因地制宜、还原经典、提升品质，打造活态传承新样本，让面塑这一传统技艺变得时尚，将海州面塑艺术发扬光大，让非遗文化焕发出勃勃生机。

打鼓爬墙头

偶然看到丰子恺先生的一幅漫画《锣鼓响》。画面上，一个小儿拉着手执蒲扇的老奶奶的手，奔向前方。这幅画巧妙地截取了生活中一个传神的场景——远处锣鼓响，祖孙看戏忙。寥寥数笔，小儿看戏的那种“打鼓爬墙头”的急迫跃然纸上。画面勾起了一种久远的情怀，儿时看戏的场景浮现在我眼前。那韵味悠长的腔调，那咚咚锵锵的锣鼓镲就响在耳边，仿佛从未走远。

的确没有走远，因为从未离开。一张嘴，一开腔，无论在什么地方，无论有多少人，我们都很容易识别老乡。那腔调带着浓郁的地方特色。正所谓“一方水土养一方人”，戏曲也一样。二十世纪七八十年代，没有太多娱乐消遣的方式，淮海戏在农村很繁荣。每到冬春农闲季节，便有戏班子到来。演员几人、几十人不等，伴奏乐器有唢呐、二胡、锣鼓等，道具、服装、化装都十分简陋。戏台就是我们村的大礼堂。水泥的戏台、水泥的凳，或坐或站，丝毫不影响我们看戏的热情。戏班子常是服装道具先期到达。我们这些小孩总是觉得那些黑箱子很神奇，男孩见到唢呐、锣鼓、镲子还无所谓，一见到刀啊枪的就眼睛发亮，女孩子都盯着那些花花绿绿的戏服和珠宝头饰，直到挤挤挨挨碍人家事被撵开。看戏的日子，外地的小商贩也来“赶戏”。礼堂前就有供销社里买不到的便宜还实用的物品，吸引婶子、大娘的注意；卖发卡和花皮筋、錾老糖的朱侉子，卖爆米花、吹糖人的老张头，特受我们小孩的追捧。

那时候看戏，很着急戏里的唱腔，咿咿呀呀没个完。又没有字幕，就是有字幕也不认识。一句简短的唱词，顿挫抑扬好几遍，断了还含在口中咿咿呀呀，让年幼的我们没有耐心。

淮海戏是用地地道道的连云港话演唱的家乡戏。它发端于古代祭拜巫神的海州拉魂腔，后由娱神发展为娱人，再发展为淮海地区喜闻乐见的戏剧形式，在连云港、淮安、宿迁等地长盛不衰。剧目大多来源于淮海地区的民间传说、民间故事和真人真事。像《窦娥冤》《皮秀英四告》《催租》《周发乾杀妻》等等，经过民间艺人的加工，承载着淮海地区从古至今多方面的历史、文化信息，符合农村实际，反映民众心声。无论文戏还是武戏，主题都大同小异。不是因果报应、风俗伦理，就是扶弱济贫、忠孝节义。《窦娥冤》说的就是在连云港民间流传的孝妇窦娥蒙冤受屈、孝心感天动地的故事。汉东海孝妇祠就是现开发区朝阳镇娘娘庙的前身。还记得戏的开场，由一阵悲愤的唢呐声拉开大幕。随着剧情展开，人们为窦娥的刚烈与孝顺而感动，为蔡婆婆的善良和糊涂而着急，为张驴父子的泼皮无赖、山阳知县的草菅人命而愤慨。窦娥一声悲怆的呼号："地也，你不分好歹何为地？天也，你错勘贤愚枉做天！"把戏推向高潮。

《催租》讲的是新中国成立前地主家狗腿子张福来在外出催租的路上遇到民女双姐，死乞白赖、不停调戏，双姐巧与周旋，斗智斗勇、百般捉弄的故事。那丑角的唱念做打诙谐幽默，让人忍俊不禁。他鼻子抹一块白，脸上擦两圈红，嘴唇涂得很鲜艳，人物一出场还没等开腔，便逗得台下一片笑声。再摆出滑稽的姿势，用方言边唱边做鬼脸，台下的人更是笑得直揉肚子。观众在演员演绎的喜怒哀乐、爱恨情仇中受到教育，娱乐身心。

有人说，京剧是雍容华贵的名门千金，昆曲是仪态万方的大家闺秀，越剧是多愁善感的林妹妹，我以为，淮海戏就是明眸善睐的乡野村姑，她率性、质朴，披着云台山清新的山风，裹着黄海涛腥咸的海韵，像漫山遍滩的映山红、海英菜一样，生生不息，为港城人所喜爱。那一唱三叹、摇曳委婉的唱腔，那旦角的"扭"、生角的"手"、丑角的"走"，那手绢、扇子、唢呐、锣鼓，都散发着淮海大地浓郁的生活气息和醉人的泥土芳香。

淮海戏，潺潺流淌进我的血脉，指引我不时回归故乡的田园。

手拿碟儿敲起来

有一种小曲，明亮如三春之水，清冷似数九之月；有一种小曲，细腻如初夏之雨，幽怨似深秋之风。它注定是通俗的，具有浓郁的地方特色，由那个地方的人手拿碟儿敲起来，自娱自乐，享受心灵的自在，支撑或殷实或潦倒的人生。它就是海州五大宫调。

一地的风情孕育一种音乐形式，马头琴的家乡注定是“风吹草低见牛羊”的草原，二胡的磁场永远是“小桥流水人家”的江南，唢呐的世界在“大风起兮云飞扬”的黄土高坡上，而五大宫调就与海州、板浦、运盐河、商埠河船工有着割不断的联系。是宫调选择了海州，还是海州的风土人情催生了宫调，早已不重要了，重要的是五大宫调千百年来口传心授，至今还在港城传唱。

遥想当年，当绚丽的霞光映照白帆点点的运盐河道，当如水的月光笼罩青砖青瓦的小曲堂，当绵绵的细雨模糊河边的垂柳，当漫天的飞雪装点乡野的草垛，无论盐商、乡绅还是贩夫走卒、乡野村妇，都聚集在各自玩友圈的小曲堂，或干脆聚在自家的堂屋里。二胡弦声一起，竹筷瓷碟一敲，那大调的委婉细腻、小调的明快生动，便从海州人的心里往外流淌。

不管是达官显贵还是引车卖浆者流，都有精神的渴望和追求，以寄寓自身的欢乐或痛苦，排遣人生的寂寞和无奈。这渴望和追求是人生的爱好，这爱好与外在的名利无关，只关乎心灵的陶醉和满足，沉迷其中，是一种真正的自在。五大宫调里大调中有【软平】如“天台有路人难倒，雁断衡阳难把书捎，承你情结草衔环才把恩来报，叹子期伯牙把琴摔掉，踏雪寻梅枉费徒劳，只落得草桥惊梦虚热闹”。【波扬】如《一轮明月当空照》：“一轮明月当空照，金风摆动丹桂飘。檐铃窗外敲，声音好似奴才那才郎到，细听不是他，原来是梧桐叶落掉……”【马头调】如《望江楼》：“望江楼观不尽山明水秀，（两泪交流）错把那打鱼船认作了薄幸的归舟。（水面上漂游）想当初山盟海誓发不了何等样儿的咒，（记在心头）至如今无边无岸的相思害到何时候。（每日忧愁）人说红颜薄命，俺是那苦命的女流，（前世未曾修）恨起来我指定乳名将他咒，（实实难出口）如咒他，又恐怕损了他的青春寿。（恼闷在心头）。”诸如此类，是直抒胸臆、一吐为快的自在。还有【鹂调四喜】如《娃娃忆》：“俏人儿我与你原是垂髫姊妹，曾记得踢毽子一递一回，藏蒙蒙、踢球、打碑天天聚会，纱窗外，月影西搀郎打一个歪歪蹲到地。豆角长到三月三，荠菜花开赛牡丹，踢脚搬搬踢到南山……”是沉浸孩提时代、游戏生活的自在。【满江红】如《孙悟空》：“孙悟空自幼生来手段高，他会随机变化气英豪，偶遇着云台山上一个老仙妖，指点他神仙奥妙长生不老路一条……”是思接九天、神游八极的自在。又如【鹂调】《草虫》：“小豆娘娘害相思，飞落在那红蜻蜓身上，忙叫黑老婆婆取土鳖子，急忙忙快去煎汤。有一个飘摇挤过水来，急得那螳螂乱了张望，扒根闹天牛郎，携带着山水牛牛去打场……”是与草虫平等对视、谐趣横生的自在。

宫调的自在，是唱腔的自在，更是一位位演唱者灵魂的自在。因为这自在，对爱情、友情的体味更加细腻，对亲人、友人的思念更为殷切，对花鸟虫鱼的关爱更为温暖。因为这自在，乔庆帮把岐黄祖业抛诸脑后，专心研习小曲，即便赔上祖传的广生堂药店也无怨无悔；受父亲熏陶酷爱唱曲的张雪，从不计较听众多少，给钱与否，只求一诉衷肠便心满意足；还有王卓、封秀丽，还有刘长兰以及她的小徒弟刘念，他们一代一代地坚守着，传承着，自得其乐，娱己娱人。

对于一个人来说，内心充实，有所喜好，柴米油盐的世俗生活是温饱型或豪华型，归根到底是没什么差别的。只要有所喜好，无论贫穷或富有，都有了心灵的自在，便不至于在这纷纷扰扰的世上流离失所。

醋意

“民以食为天，食以味为先”，酸甜苦辣咸让我们的日常菜肴回味无穷。在这千滋百味中，开门七件事之一的醋，是各种菜肴传统的调味品，吃海鲜更是离不开醋。滨海而居，喜吃海鲜的连云港人，对连云港名特优产品——汪恕有滴醋，情有独钟。香喷喷、酸溜溜、甜滋滋的一滴醋，成就了港城人对生活的热爱。

醋，历史源远流长。传说“杜康造酒，黑塔造醋”。黑塔是杜康的儿子，他在父亲造酒的酒糟中加入麦曲做引子，经过发酵，在 21 天后的酉时成功酿出醋。“二十一日”加上“酉”合起来就叫“醋”了。黑塔造醋的时间约在夏朝，距今已有近 4000 年的历史。汪恕有滴醋则始创于康熙初年。那时候，有不少安徽人来到海州地带，依靠手艺谋生。创始人汪懿余举家从徽州迁居板浦，在家中建立一个手工作坊，用简单的工具生产“老糖”沿街叫卖。由于“老糖”数量有限，难以维持生计，汪懿余在用山芋熬制“老糖”的基础上，改用高粱酿制食醋。他精明强干且又心灵手巧，为了在板浦站稳脚跟，对醋的质量十分讲究，不断改进工艺，悉心研究制醋配方，摸索出一套完整的体系，做出的醋色泽鲜明、味美津香。当时，男女老少都知道汪家的醋，爱吃汪家的醋，板浦汪恕有滴醋的名声在古海州乃至两淮地区打响了。在板浦盐场课司大使田种玉的支持倡导下，汪懿余在自家作坊门两旁挂上“恕心能及物，有道自生财”的对联，又取对联开头两字“恕”“有”挂出了“汪恕有醋坊”的金字招牌。由于他们做的醋每次食用只需几滴便醇香非常，故被称为“滴醋”“汪恕有滴醋”作为产品的名称正式流传下来，而汪氏居住的地方便被称为“汪醋巷”，巷名一直沿用至今。

据史书记载，乾隆皇帝下江南时，海州知府前往拜见，贡献的地方土特产中就有汪恕有滴醋。乾隆皇帝初不以为意，食用后却连连称赞：“美哉！”汪恕有滴醋遂成为海州属地贡品，名声大振。大诗人袁枚听闻乾隆的赞誉后，特令人购取，亲自品尝，并在他的烹饪名著《随园食单》中赞许道：“镇江醋颜色虽佳，味不甚酸，失醋之本旨矣；以板浦醋为第一，浦口醋次之。”早在 1932 年南京举办的江苏省名品展览会上，汪恕有滴醋就荣获地方特产奖。

厨房中必不可少却又不那么引人注意的一瓶醋，是以优质高粱为主原料，加入适量的酒曲以及鼓皮、面粉、大麦等辅料，经粉碎、蒸料、糖化、酒化、淋醋、杀菌等多道工序，精心酿制而成的。含有多种有机酸和高级醇，有丰富的维生素 B_1、B_2，具有增强食欲、健脾开胃、促进消化、活血化瘀、美容美发、消毒杀菌多种功能，辅食调味和佐药疗疾均堪称佳品。

随着市场需求的不断变化，20 世纪 80 年代以来，深得祖师秘传的汪氏第十代嫡系传人、生产总技师汪亮祖及其子——现任汪恕有滴醋厂厂长汪宗遂博采众长，将现代科技与传统工艺结合，对滴醋的配方和生产工艺不断进行改革。同时，认真加强全方位的质量管理和检测、计量等工作，使产品的质量稳步提高。在圣醋、普醋、礼品醋、精品醋、桶装醋、袋装醋等传统醋品的基础上，又开发出了醒酒醋、姜汁醋、保健醋系列产品，行销多地，多次被评为市优、省优、部优产品，获得国家及省、市级多种奖项。

从第一声“卖滴醋喽”的吆喝声喊起，这份醋意已在港城的山水间、大街小巷里氤氲了三百多年。

波涛晒雪

如果一片海是一本书，那么一粒盐便是它的中心思想；如果一粒盐是一个生命体，那么咸便是它的性格特征。海是盐的故乡，盐从海洋中走来，经过煎煮熬晒的磨难，以似雪的晶莹滋养我们。五味之中，酸甜苦辣犹可缺失，唯有盐的咸是生存的必需。三五天不吃盐，便觉浑身疲软，手无缚鸡之力。而因淮河横贯江苏盐场而得名的淮盐，更是因“粒大、色白、咸香、干爽”成为盐族珍品，驰名中外。

两淮地区物产丰富，人杰地灵。一粒淮盐的历史，悠久得可以追溯到远古神话故事中的夙沙煮海。《说文解字注》中记载“古者夙沙初作鬻煮海盐”，夙沙应该是煮海盐的始祖。到了商周之际，人工煮海水为盐已经得到推行。春秋战国时期，社会生产力普遍有了提高，盐业的发展也进入了新阶段，但当时的海盐生产仅处于砍伐干枯的柴草来煎煮海水的较为原始的阶段。秦汉时期，盐业快速发展，从《汉书·地理志》中可以看出产盐区已经遍布全国各地。由于仍然以柴草为燃料，一灶一锅，火力较为集中，每灶日产食盐量不高，难以满足需求。盐工从咸地经日晒产出盐硝中获得灵感，于是，煎盐法在生产劳动中应运而生。

煎盐就是“刺土成盐”，也叫“刮咸淋卤”。“海潮浸荡，久成咸土”，故才能“以土煮盐，多收其利”。人们选择好的海滩咸地或盐田从中刮取咸土，像照料农田一样对之进行修整，使土质疏松，容易吸收海潮中的盐分。“刺取”之际，要等“雨晴为度，亭地干爽”才可用人力或畜力刮取咸土。“经宿，铺草籍地，复牵爬车”，将所“刺”土堆聚于草上成“溜”，并于“卤溜”底侧挖好淋渗卤水的“卤井”，中间以芦管与“卤溜”连通。将海水从“卤溜”上方缓缓浇下，使饱溶土中盐分的卤水从“溜”底渗入“卤井”。在使用前还要“验卤”：把饭粒放入卤水中，饭粒漂浮，卤水就是纯卤。“验卤”之后就进入海盐生产的最后一道工序——煎煮。根据《太平寰宇记》记载，其中还要经过输卤入漕、装盘煎煮、石灰封盘、皂角结盐、收盐伏火等一系列环节，可见盐工之苦。如词家柳永所言：“煮海之民何所营，妇无蚕织夫无耕。衣食之源太寥落，牢盆煮就汝轮征。年年春夏潮盈浦，潮退刮泥成岛屿。风干日曝咸味加，始灌潮波塯成卤。卤浓碱淡未得闲，采樵深入无穷山……晨烧暮烁堆积高，才得波涛变成雪……”宋代时，滨海取卤方法大致可分为三种：一是海潮积卤法，二是刮咸淋卤法，三是晒灰淋卤法。元代陈椿的《熬波图》中介绍，当时海盐生产可归纳为建造房屋、开辟摊场、引纳潮水、浇淋取卤、煎炼成盐几个步骤。乾隆年间，随着煎煮燃料价格的不断上涨，各盐场因地制宜，借助烈日曝晒，逐渐将煎盐法改为晒盐法。

晒盐法在较大范围内应用应该是元代以后的事。起初，晒盐法是作为煎盐法的分支技术出现的，“全凭日色晒曝成盐”。到了明代后期，晒盐法得到了进一步发展，在工艺上彻底脱离了煎盐法引纳海潮、淋灰取卤的步骤，采用纯晒法。随着晒盐法工艺技术的不断成熟完善，到了清代，晒盐法已成为社会制造盐的主要手段，至今仍在人类生产盐的活动中扮演着重要的角色。

“淮盐出，天下咸。”从春秋时起源，到隋唐时发展，到宋元时振兴，直至明清时鼎盛，几千年来，淮盐对国家的贡献是无可估量的。从汉唐至明清，两淮盐课在财力上雄踞全国各大盐区之首，“东南盐利，视天下为最厚”，有“煮海之利重于东南，而以两淮为最”之说。到明清时，淮盐盐税已占国库财源的三分之一。道光年间（1821—1850），淮北盐政改革家陶澍感叹“东南财税，淮盐最大，天下盐务，淮课最重”，甚至还有“天下大计仰东南，而东南大计仰淮盐”的说法。

淮盐历经百代人之手，炽热的红色火焰与蓝色的波涛谱写着淮盐文化的绚丽篇章。光绪三十二年（1906），淮盐在意大利万国博览会上以“色味俱佳”获最优等奖牌，成为“中国海盐见于世界之代表”。新中国成立后，淮盐长期行销几十个省区市，惠及二亿多人，不但成就了扬州、泰州、淮安等名城重镇，也使连云港的新浦、海州、板浦、猴嘴浸透着浓浓的咸香。淮盐品种、盐化工品种也不断丰富。1989 年，在中国首届食品博览会上，淮盐荣获金奖。2009 年，经省政府批准，淮盐制作技艺成为江苏省第二批非物质文化遗产保护项目。2014 年，淮盐制作技艺成功入选国家级非遗名录。

在长期的历史演变中，淮盐文化的折射无所不在。海州五大宫调的形成与传播，与淮盐文化密不可分；江南构思奇特、诗情画意的园林，泛着银色的光泽；吴承恩的《西游记》、李汝珍的《镜花缘》、曹雪芹的《红楼梦》无不散发出淮盐的咸味；作为淮盐文化重地的连云港，还成立了淮盐文化研究会。由来已久的古淮盐文化因子，延伸着它的古老和神奇。

一粒盐，由波涛晒成雪，让我们想起人类和大海的“血缘关系”。当我们陆续在阳光下消失，海会收留我们，最终，我们将在海上重逢。盐不死，海就不会消失。在层出不穷的海浪里，轮回着我们体内的盐和记忆。

纸上春秋

一张纸，一把剪刀，一双妙手在纸上穿梭刻画，在方寸之间游刃有余。一刀一线，“圆如秋月，尖如麦芒，缺如锯齿，线如胡须”，祈福文字、花鸟虫鱼、传说人物等等，信手描绘着纸上春秋，渲染节日的喜庆，照亮平淡的生活。

剪纸是我国最为流行的民间艺术之一，虽然制作简便，却能够充分反映百姓的生活内涵，具有浓郁的民俗特色。“镂金作胜传荆俗，剪彩为人起晋风”“暖水濯我足，剪纸招我魂”，早年的剪纸常被用于宗教仪式，以剪纸招魂，或剪纸钱、纸马祭奠祖先的风俗早就在民间流传。到了唐宋时期，剪纸技艺得到大发展，每逢岁时节令、人生礼仪、节日庆典等等，人们都会以剪纸表示喜庆。从一些诗人的诗句中还能觅得当时情景。

“闺妇持刀坐，自怜裁剪新。叶催情缀色，花寄手成春。帖燕留妆户，黏鸡待饷人。擎来问夫婿，何处不如真”，闺妇剪纸的情形，极富生活气息；“叶逐金刀出，花随玉指新。愿君千万岁，无岁不逢春”，佳人剪纸赠相亲，别有一番风味；“花寒未聚蝶，色艳已惊人。悬知陌上柳，应妒手中春”，借助剪纸形象，悬想陌上之柳看到如此充满春天气息的剪花也该心生嫉妒；宋之问的“金阁妆新杏，琼筵弄绮梅。人间都未识，天上忽先开。蝶绕香丝住，蜂怜艳粉回。今年春色早，应为剪刀催”，把人带入用剪纸营造的杏梅争春、色彩缤纷的春天世界。蝴蝶闻香翩翩起舞，蜜蜂怜粉流连忘返，春天美景早早到来，原来都是一把剪刀剪出来的。宋代造纸业成熟，为剪纸技艺的普及提供了条件。礼花、窗花、灯彩、茶盏装饰自不必说，剪纸的技法还应用到陶瓷、皮影戏、印花布上。及至明清，剪纸手工艺术日臻成熟。灯彩的花饰，扇面的纹饰，以及刺绣的花样，无一不是将剪纸作为装饰再加工而成的。

剪纸在我的家乡曾经也是女红的必修技巧，是女孩子从小就要学习的手艺。她们打小从前辈或姐妹那里耳濡目染，对照剪纸的花样，悉心研习，剪裁着生活的情趣和味道。在科技发达、生活水平提高的今天，剪纸不再是衡量女孩是否心灵手巧的标准了，但也还是有不少人爱好并传承着这一传统手艺。灌南县一所中学的美术教师孙红香就是其中一位。她秉承家学，自幼跟着母亲学习剪纸，靠着心灵手巧，很快便上手剪窗花、小动物，随着年龄增长，日益迷上了这门手艺。考上淮阴师范学院后，酷爱剪纸的她拜曹阳为师，进修剪纸，不断提高技法水平，还利用业余时间遍访民间名家高手，孜孜以求，刻苦磨炼，探索创新。鱼虫鸟兽、花草树木、人物风景，无不惟妙惟肖。她的剪纸博采众家之长，古今并收，南北兼蓄，雅俗共赏，题材广泛，表现灵活。总体而言，她的作品可分为两类。一类是在继承传统剪纸的基础上融入现代绘画理念的艺术剪纸，如《西游记》系列及一些花鸟剪纸；另一类是继承传统的民俗剪纸，如《十二生肖》《闹元宵》等。她的作品中有紧扣时代、主题鲜明的主题性系列剪纸。如《复兴之路》系列，共60幅，30多米长，每幅作品在外形和表现手法上都不雷同，分为“开国颂”“春风扬”“正义歌”“和谐畅”四大篇章，从政治、经济、军事、文化、教育等各个角度表现了中华人民共和国自成立以来所取得的重大成就。她的《西游记》剪纸组图单幅为40厘米×30厘米。从猴王出世到皈依佛门、保唐僧西天取经、历经九九八十一难取得真经归来，共计430余幅作品。既可每幅独立成画，又可以以连环画的形式展现，突出了名著的独特魅力。她的作品中还有传承民间文化、反映原生态民俗、体现浓郁中国味的《十二生肖》系列，还有小巧玲珑、于方寸之间体现独特意蕴的《十虎图》《菊石图》《报春》等单篇组图。

近年来，她的剪纸作品在国家、省、市各级大赛中屡获大奖。她还自主设计和创作了《美丽灌南》剪纸邮资明信片，多次举办个人剪纸展，作品被全国各地的剪纸艺术爱好者乃至加拿大、英国、法国等国的国际友人收藏。

剪纸是孙红香以及像她一样爱好剪纸的人的精神寄托，在平常的生活中给他们也给我们带来真诚、生动的祝福。

鱼梦见花开

这只陶罐是我在文博会上淘来的小物件。罐口和罐的底部有水波纹，中间部分还有寥寥几笔勾画出鱼的图案。用它来养菖蒲、铜钱草还是睡莲，我还没想好。

这鱼是从仰韶时期一路游来的吗？它是在寻找水中嬉戏的玩伴，还是因路途迢迢累了在睡觉？它经历了多少时光的积淀，才把自己的前世今生风干在一个黑陶罐上？

“神农作瓦臼陶”“水火既济而土合”，古籍里的描述把我带进对远古梦幻般的遐想中，使我仿佛清楚地看到祖先们劳动生息的场面。那承载人生活的土，滋养人生命的水，照耀人精神的火，孕育着深厚的农耕文明。我们常常对祖先的制陶之谜做无谓的猜想。也许是在某个有月光的晚上，祖先们围着林中篝火，烤着打来的猎物，击节而歌。他们率性地抟泥为任意形状往火里扔着玩，不经意间，想象飞升，便有了陶。一如他们用树皮遮羞、结绳记事一样，没有伪饰和做作，只是顺其自然。陶器的出现，改变了他们的饮食习惯。开水和熟食，减少了他们生病的次数。继仰韶文化彩陶之后，新石器时代龙山文化遗址出现了黑陶。那“黑如墨，亮如漆，硬如瓷，声如磬，蛋壳样薄，鸿毛样轻”的蛋壳黑陶，更是透着文明的曙光，让无数人为之倾倒。连云港人大可为之骄傲，因为龙山文化藤花落遗址早就出现了蛋壳陶高足杯。祖先的勤劳和智慧，让后人对陶器的制作原料和工艺产生了浓厚的兴趣。

黑陶是龙山文化的标志性遗存，更是远古工艺中的一朵奇葩。连云港三面环山，一面临海，蕴藏着大量适合塑陶的特殊黏土。此外，云台山山林广阔，柴薪足够烧窑之需。所以，无论在古代还是现代，连云港都是黑陶工艺品主要生产基地之一。从新石器时代到西周、战国、西汉，从唐宋元明清到民国再到今天，二涧遗址中的磨光黑陶，藤花落遗址中的蛋壳黑陶，赣榆出土的黑花陶坛，等等，都是无价之宝。黑陶是一种既古老又年轻的文化产品。古老是因为它伴随着人类文明史出现，透着原始的魅力；年轻是因为现代黑陶工艺挣脱了远古的束缚，在继承中发展。古老的黑陶制作工序比较复杂，要通过选料、淘洗、拉坯、晾晒、修整、压光、雕绘等 10 多道工序，尤其是黑陶雕刻及压光，几乎存在于黑陶制作的全过程。以做一个团圆罐为例，需要精心雕刻 6000 多刀，刮压 12000 余次，其间不能出现丝毫差错。这要求制陶工人不仅有充沛的体力，还需要有一丝不苟的精神。只有在经历了这“千刀万剐、千磨万刻”的磨炼，承受800—900摄氏度高温中“封窑熏烟渗碳”的洗礼后，再以丰富的造型、形象的表现手法、生命图腾的塑形和富有韵律感的纹饰来延伸，才能使黑陶的美在纯净的色泽和丰富的形意的统一中，升华为有生命语言的古朴、典雅、清秀、庄重，呈现“声如磬、薄如纸、亮如镜、硬如瓷”的艺术特色。

那一个个简洁、抽象的鼎罐杯碗，呈现出丰富多彩的人间百态；那一条条或长或短、或直或弯的纹饰，是风掠过海面留下的风的形状、海的波浪；那纹饰取材于花鸟虫鱼的瓶、盘、笔筒等，既是精神层面的抽象表达，也是回归本土、进入家庭世俗领地的现实渴求。那生命图腾、徐福东渡、西游人物等地方文化、文化遗迹题材，更是表达了对生命的喜悦与对自由的追求。从生活用品到装饰品，由注重实用到注重审美，黑陶以其深厚的历史底蕴和丰富的人文内涵，构成港城思想文化的脉络，续接港城人的梦想。

隔着时间的栏杆远眺，我们无法把沉积在黑陶上的尘埃擦拭干净。任岁月结出些问号，黑陶黑得更加神秘古奥，散发出不卑不亢、宁静致远的气场。在这黑里，我随一尾鱼静下心来反刍人生。古往今来重叠为一滴水，水滴终将消失在水中。

我还是在这黑陶罐里种上睡莲吧。这样，在一罐清水里，鱼、种子和我就有了共同的期待，鱼或许能梦见花开。

石头会唱歌

林清玄说过："如果我们要看见这世界的美，需要有一双水晶一样自然清澈的眼睛；如果我们要体会宇宙更深邃的意义，则需要一颗水晶一样清明、没有造作的心。"水晶，铮铮硬骨，标志石的秉性，清清肌理，传递水的柔情，由天地至精之气凝结而成。水晶至美之华凝为观赏石，水晶的灵魂是天地造化送给人间的精美。这精美在缤纷炫目的珠宝玉石中，唱出了别样的歌。

时间的大潮像一群飞走的鸥鸟，沧海桑田。水晶以坚硬表达柔情，用不行动来暗示行动，用不表白来表白。尽管有着无边的苍茫，尽管有着辽阔的忧伤，却依然静默在大地深处。那些冰凉的晶莹闪耀在幽暗处，宛如一份纯净的没有被摩挲过的柔情，热烈、透明。

人类从什么时候开始认识并利用水晶，没有标准答案。早在新石器时代的龙山文化藤花落遗址，就发现了六棱柱水晶。《山海经·南山经》中记载：“又东三百里，曰堂庭之山，多棪木，多白猿，多水玉。”郭璞注：“水玉，今水精也。”“水精”即水晶。《古今小说·李公子救蛇获称心》中写道：“器皿皆是玻璃、水晶、琥珀、玛瑙为之，曲尽巧妙，非人间所有。”说明水晶早在四五千年前便已登上大雅之堂。“倾在荷叶中，有时看是露”“无瑕胜美玉，至洁过冰清”，是诗人对水晶的礼赞。它还常被诗人用来借指晶莹透明的物体，如“鸟啄冰潭玉镜开，风敲檐溜水晶折”“菡萏含冰脑，樱桃滴水晶”。它也常被用来比喻皎洁的月光，如“凉蟾正当高阁升，帘卷熏风映水晶”“犹记捉迷藏，水晶庭院凉”。而现实生活中的水晶作为工艺品走入寻常百姓家，为我们带来一次又一次的惊喜，则是近几十年的事。

素有“水晶之乡”美誉的东海，拥有得天独厚的地质条件，生产的水晶以硬度高、晶体剔透著名，白水晶、浅紫水晶、茶晶、浅黄色水晶名扬中外。人们从外形着眼，为形态各异、包罗万象的水晶取上具有文化寓意的名字。工艺师根据水晶原料的天然颜色和自然形状，将其雕刻成人物、鸟兽、花卉等形状，也有将之做成别针、戒指、手镯、印章等的，赋予自然矿物生命力，从而提高它们的价格。透过它们的精美绝纶，想到它们一定经受过琢磨的疼痛，它们以自己的方式告诉我们生命必须经历的痛苦和拥有的坚韧。水晶在工艺师的手中完成了一次次对生命淋漓尽致的表达和歌唱。

喜欢水晶的人们相信水晶是活的。从原石到手镯、项链，几年、几十年、成百上千年的肌肤相亲，摩挲抚玩，这润滑凉爽的石头一定能有血脉和呼吸，一定会和爱着它的人们心心相印，同喜同悲。

人类短暂的生命与水晶漫长的生涯相比，短如弹指一挥间，与其说人拥有水晶，倒不如说水晶拥有人。

跨过时光的樊篱祈求奇迹，千年之后的水晶仍然晶莹剔透，表里俱澄澈，铮铮硬骨里有着细密的纹理柔情。在坚硬粗糙的生活夹缝中，在寂静清冷的都市边缘，以一份坚硬的柔情直抵我们的内心。像水晶一样水润晶莹，像水晶一样清澈透明，像水晶一样坚硬又不乏柔情，这些或许正是我们内心所缺失的。

锻造时光

对于锻铜这一门古老的技艺，火、锤子、錾子是三个缺一不可的重要元素。古铜的幽幽意韵，在力与美、光与火的敲敲打打中，在历史沧桑与现代时尚的交汇融合中，延续了数千年。

铜器是我国最早被广泛使用的金属器具。早期铜器以铸造为主。后来，人们需要利用一些铸造完毕的武器、器皿铭记重要的事情，或是进一步美化、完善其功用，便利用铜材的延展性，在器具上留下字迹、图案，锻铜工艺随之产生。锻铜以紫铜或黄铜板材为原材料，铜板加热后质地变软，锤打后又恢复坚硬，可以按设计方案在铜板上雕刻出凹凸起伏的各种图案。或将铜皮加热，使之变软，以铁锤、木槌、胶皮锤为工具，进行锻打或錾击，最终制作出艺术作品或其他生活、工业用品。

连云港地区的锻铜工艺出现较早，始自春秋战国，到汉代进入发展时期。几千年来，锻铜工艺代代相传。可查寻的艺人可追溯到清代的海州人谢咏，现已衍传六代，多为家传。锻铜工艺作品题材丰富，有人物、景物、器具、兵器、书法等，不仅形体生动、凹凸有致，还具有北雄南秀的特点。用途也广泛，不仅可以用来收藏、陈设、赠人，许多大型作品还成为城市雕像。位于云台山玉女峰的景观型高程标志“吉祥玉女”，就是其中的扛鼎之作。玉女踏于祥云之上，双手托如意，庄重矜持，意志洒脱，神采奕奕，柔丽飘逸，令无数游客驻足观赏。这座高 8.34 米，由 20 多块锻铜组成，采用中国传统的铜焊工艺连接，历时 3 年多完成的作品，凝聚了江苏省工艺美术大师、江苏省非物质文化遗产锻铜技艺代表性传承人周存玉的心血。

手工锻铜首先要画稿、走线，将设计好的图案画在铜皮上并用錾子将轮廓錾出来。接着是起大型，按照预先的设计，将铜皮放在沙袋或特制的铺垫物上，用锤子和錾子锻打出大的凹凸起伏。锤敲要从作品凹凸程度最浅的部分开始。由于是手工操作，锤敲时需要正反两面反复交替进行。大起伏基本敲出后，再用扇头锤把画面上各部位的线錾出来。各种形体之间的过渡转折，有的强烈，有的平缓，运用的工具也有所不同。接下来的细节刻画，是将铜皮用胶固定在平板上，用各种型号和形状的錾子錾出一些精细的造型。其间需要多次追火，再把做好的作品放在铁板上找平，完善边缘。随后用特殊的药物处理后，将作品需要抛光的地方进行抛光，清洗后进行电镀、化学着色、涂装着色、染色、热处理着色、防腐等等，一件作品才算完成。

周家祖辈以锻铜、木雕为生，从周存玉的父辈往上追溯四五代都是手艺人。锻铜对周存玉来说，是融入骨血的一门技艺。周存玉出生于 1961 年，走的是边上学边学艺的道路。七八岁时，他就给父亲周培迪打下手，做些递工具、协助安装的活。周存玉的工作室里，存有父亲传给他的 2000 多件木雕工具，锻铜的錾子有 700 多件。“老一代艺人对锻铜总结出很多好的经验。”周存玉说。学习锻铜之路并不轻松。为了增强体质，他从 8 岁开始练倒立、扎马步、手指俯卧撑等基本功，绘图案、做泥稿培养造型能力。14 岁，他方才正式跟随父亲学艺。一门家传手艺，自然有许多不可向外人道的秘密。锻铜中十分关键的一种工具是帮助塑形的垫胶，熬制垫胶的材料和比例是核心机密，其熬制方法也随时节、材质的不同而变化。掌握熬胶技术是真正成为一个锻铜艺人的标志，而是否掌控了配比、火候、黏稠度等熬胶技术的要点，则是成为大师与否的分割线。

“以前的锻铜作品，只能在铜原色的基础上加深造浅，现在能做出多种颜色。”周存玉介绍道。经过 10 多年的不断尝试实践，他研发出 70 多种新工具，可以做出金、银、红、绿、蓝、黑 6 种颜色的锻铜作品。这些创新举措，让古老的锻铜工艺焕发出勃勃生机。

周存玉是一个精通书画、雕塑、陶瓷的全才艺术家，他的作品向人们诠释了一种深邃悠远的意境。细品之下，其作品凸显出卓越独到的构思和匠心独运的勾勒，在传达精神美感的同时，给人一种极具视觉冲击的享受。他那种对工艺和意境的拿捏与把握水平，较前人有了里程碑似的突破，令人敬佩折服。无论是绘画还是雕塑，周存玉都很注重作品的意境，他把情与景、意与境交融在一起，塑造鲜明生动的艺术形象，产生强烈的感染力。他的作品构图生动，立体感强，线条明快，起伏跌宕，由内而外散发出典雅而脱俗的灵秀之气。

娴熟的技艺，精致的作品，背后是一段锲而不舍的学艺历程。20 世纪 90 年代初，周存玉利用到北京进修的机会，广泛接触国内外各种艺术形式，汲取中国写意画和西方素描写实画的元素，打下坚实的造型基础。这一时期，也让他更加坚定：中国人应该做自己的东西，可以吸收西方的元素，但中国人的文化精神不能丢。2000 年，周存玉瞄准了国内原创性工艺品的广阔前景，决心借助锻铜这一传统手工艺，做出符合现代人审美需求的作品。这一年，他成立了家族式企业——老艺头公司。周存玉推出的一系列作品也广受好评，反战争作品《安息吧——战靴》参加香港艺术界庆祝香港回归祖国 8 周年大展，《清明上河图》获国家工艺美术百花奖铜奖，《观音》《欧洲武士》《锻铜桌椅》获省级金奖。

锻铜，这种古老的技艺，在周存玉这样一些手工艺人的坚守与创新下，褪去历史的沧桑，融入了现代生活，重放异彩。

脚上的老虎

“咬！”“咬！”那稚嫩的童声伴着翘到你面前的穿着老虎鞋的小脚，“吓”得你抱头缩肩往后躲，引来一阵欢笑。这样温馨的场景在我小时候的苏北农村是常见的。

老虎鞋因鞋头呈虎头模样而得名。虎是兽中之王，外形雄健，气势威猛，额头有像“王”字的花纹，是先民崇拜的图腾，一直以来受到大家的喜爱和崇拜。东汉应劭所著《风俗通义·祀典》中有这样的描写：“虎者，阳物，百兽之长也。能执搏挫锐，噬食鬼魅。”虎不仅能吞食鬼魅、威慑敌害，还能庇佑人神、赐福示瑞。这些寓意，寄托了人们借物祈福的美好愿望，满足了人们崇尚和传承中华民族虎文化的心理需要。民间常把虎作为孩子的伴生物。

每一个新生命都是在亲人的期盼与祈祷中来到人世的。

人们以各种方式迎接新生命的到来，做老虎鞋是欢迎并祝福新生命的一种方式。除了想为孩子壮胆、辟邪、守神护岁，还有祝福孩子虎头虎脑、虎虎有生气的寓意。

“姑一双，姨一对，到老不受罪。”这流传了许多年的俗语，说的是孩子生日，除了奶奶、外婆做鞋外，姑、姨也要做或送鞋。最受重视的是孩子周岁时的老虎鞋，这鞋还是姑、姨展示手艺的方式和渠道。人们相信，穿上带着姑、姨指尖温度的漂亮、稚拙、生动的老虎鞋，孩子将来就会心明眼亮耳灵，健康成长。

一岁左右的幼童，蹒跚学步，活泼好动，一边挣扎着要自己独立走路，一边又离不开大人的搀扶。老虎鞋宽敞的内部空间和宽阔的鞋底，大面积地接触地面，能帮助孩子脚踏实地，稳步行走，让孩子的双脚更舒适。孩子的双脚因经常着力行走而产生较多热量，穿布鞋吸汗、透气、不臭脚，既可以防寒保暖，又有利于幼儿脚部的生长发育，防止长成扁平足。

老虎鞋在制作上不刻意追求形似，但求神似。稚拙单纯，富有生机。在小巧玲珑中变形夸张，充满了天真烂漫、朴素健康之美。大大的虎脸上，大大的眼睛，小巧的鼻子，还有漂亮的胡子和乖巧的小耳朵。缝制老虎鞋的面料通常为棉布或绸缎，颜色根据本地风俗习惯选择，一般以红、蓝为主。虎嘴、鼻、眼、眉毛等处采用粗线条勾勒，夸张地表现虎的威猛。整体多采用对比强烈的红、绿、蓝、黑作为底色，鞋上的点缀则用淡雅的粉红、浅绿等颜色。一双底色大红的老虎鞋，中间的“王”字用浅绿色，鼻子蓝色，耳朵金色，那小舌头一定是粉色的。色彩鲜明，在对比中求得协调，大俗大雅。老虎鞋的做工也有讲究，纳鞋底的针脚一般都是四针连在一起，代表四平八稳、事事如意。四针连在一起的针团必须有九行，九是数字里最大的阳数，象征九子十成，还有长久和长寿的意味。鞋底有两层，代表好事成双。老虎的眼睛缝三针，象征三足鼎立、三生万物。胡须缝五针，代表金、木、水、火、土，五谷丰登，五福临门，孩子交来自五湖四海的朋友，等等。

一双小小的老虎鞋，完全用手工缝制而成。从剪鞋样、裱骨子、纳鞋底，到做鞋帮、做鞋面、绣虎脸、掩鞋口、扎虎须，直到把鞋帮和鞋底缝到一起，再缝上带子，一双老虎鞋才算完成。虎头、虎身、虎腹，即鞋头、鞋帮、鞋底，一针一线都凝聚着亲人的智慧和汗水、期待和祝愿。一双老虎鞋对穿着它的孩子来说，丈量的是快乐和吉祥；对一针一线绣鞋的人来说，饱含着无限的呵护和关爱。

一个孩子在成长过程中，会遇到来自自然、社会各方面的困难和侵扰，需要孩子去克服和抵御。人们不仅希望孩子健壮成长，而且希望孩子有虎一样的内在气质。老虎鞋艳丽的色彩搭配和栩栩如生的造型，既满足了人们的审美情趣，又借虎的形象传递了爱意和祝福。既有实用价值、审美价值，又有民俗学价值。在我们苏北乃至全省、全国，老虎鞋都有着深厚的民俗基础。如今，连云港、盐城等地仍然保留着给孩子穿老虎鞋的习俗。

曾经是人之初必备品的老虎鞋，随着时间的推移，像虎枕、窗花、挂廊等工艺品一样，渐渐淡出人们的视线。各种用料、做工、样式都很讲究和新颖的童鞋层出不穷，但再洋气的童鞋也没有土气的手工缝制的老虎鞋温暖舒适。老虎鞋的每一针每一线里都绣进了亲人绵绵的深情和无限的爱。那花花绿绿丝线绣出来的虎头，透着乡土的气息和岁月的温暖，承载着传统的美与意蕴，让人喜欢和怀念。

葫芦开花

在民间，葫芦一直被视为吉祥物。葫芦谐音“福禄”，素有“宝葫芦”的美誉，还是一些民族崇拜的图腾。在上古神话中，人类始祖伏羲、女娲也是葫芦的化身。又因葫芦多子，也是子孙繁衍的最妙象征。端午挂葫芦，结婚入洞房时喝“合卺（葫芦）”酒，仙家的酒葫芦等等，与葫芦相关的民间习俗、传说不胜枚举。

在葫芦上雕字、刻画，是人们喜闻乐见的艺术形式，也叫葫艺。葫艺起源于宋代，到了清朝康熙年间已很兴盛。一件葫艺成品，一般要经过选材、刮皮、泡洗、蒸、擦洗、审图、打稿、烙画、砑花等十几道工序，每一道工序都很重要。特别是烫、烙、砑花等关键环节，更需要全神贯注，屏气凝神，把握分寸，稍有疏忽，就会前功尽弃。

葫艺的基础是葫芦画。选材很重要。要选外形周正、完好无损、光滑干净的葫芦。上下两肚大小比例要协调，不能有过多的棱线。要保留连接葫芦的一段枝蔓，最好还要有分叉，以保证葫芦的完整、美观。所选葫芦要成熟，表皮质地硬，色泽金黄，饱满光滑。艺人们利用电烙铁在葫芦上走刀划针，随意刻画出花草虫鱼或仿水墨、写意的名家山水画，赋予葫芦鲜活的艺术性，也使葫芦具备一定的收藏价值。

葫芦画名家代有人出，连云港的纪光辉就是其中之一。

纪光辉的葫芦画技艺来自家传。幼年时，父亲便将葫芦画技艺传授给了他。工作后，他一直坚持葫芦画的研究和创新。不仅继承了祖辈的制作技艺，而且一改过去葫芦画呆板单一的线条烙痕，练就了一套独特的葫芦画创作技艺，采用烫、烙、砑花等工艺制作了 8000 余件葫芦画作品。2013 年，纪光辉的葫芦雕刻作品被《中国邮册》收录。

他崇尚和追求淳朴、自然、通俗的美感，综合运用传统的烫、烙、砑花等技术，在其中加入更多的精神内涵，不断提炼、创新葫芦绘画工艺。或烙或砑或添加色彩，形成了自己烙画产生“国画效果”、砑花“线条流畅，层次分明”的艺术风格和技法特点。他的画作用笔顿挫、曲张有致、徐疾变换，显得苍老盘曲，用笔非常老道，似乎每一笔都从他多年来蕴藏于胸中的古画名迹中涤荡而出。这些多次出现的线条也体现了他本人的审美风格，他所欣赏的，正是这种百折不挠的生命力。

在选材上，他不单纯求形，更求质、求异。质地坚硬、表面光滑、肌理成熟的亚腰葫芦、苹果葫芦最得他青眼。高的有 56 厘米，最矮的只有 2.3 厘米。

在题材选取方面，“大俗大雅”这一审美观点在他的作品中有所体现。葫芦有福禄之意，既是大众的，也是纪光辉喜欢表达的。他用色明艳，喜用藤黄、朱膘、胭脂、花青、青莲，而笔墨轻松，随意点染，因而使葫芦呈现出一种未经修饰、天然不造作的纯真姿态。

在作品内容上，除了传统的福、禄、寿、喜等字画外，他更倾向于表现人物、花鸟、山水、草虫等具有自然天性的题材。他认为艺要“灵”，要“光”，要“真”，要“为我所用”，而绝不能“为艺所役”，要不拘一格，不受传统限制，这样才能弘扬民族精神，激发生活热情。

创作中，他将古代的传说、诗词与葫芦画巧妙结合，使其充满诗情画意，让人喜爱。他已创作了《百猴图》《百子图》《水浒百将图》《金陵十二钗》等 1300 余件葫芦画作品。斑驳的墨迹、曲张的线条，处处蕴含着难以预料的变化，忽远忽近，骤淡又浓，给人以无尽的惊喜和韵味。其中有 120 多件葫芦画作品漂洋过海，被国际友人收藏。2009 年 6 月，他着手将与连云港市有着深厚渊源的古典名著《西游记》搬到葫芦上，将每一章回浓缩成画面烙烫到葫芦上。

在他心目中，还没有一件作品让他完全满意：“现在的作品，山水相对来说有一种立体的感觉，但是葫芦上的人物雕刻完之后没有立体美感。”为了让葫芦活起来，他认真研究葫芦文化，不断提高自身修养，先后撰写了《葫芦艺术的鉴赏》《葫芦艺术的表现》《中国民间婚俗中的葫芦文化》《葫芦文化和为人处世》等理论文章，被多家杂志、报纸和网站刊登、转载。他的葫芦艺术先后被中央电视台、中央人民广播电台、新华网、江苏卫视等多家新闻媒体报道宣传，连云港文化网还专门为其开辟了名家葫芦专栏。他还在网上开设博客。在介绍自己作品的同时，还认识了不少书法、绘画、烙画界的朋友，经常利用休息时间，进行技巧学习和思想交流，使葫芦画技艺进一步提高，让葫芦画走得更远。

在现今职业化的艺术风气中，他的“宁拙勿巧”显得别有一番铁骨铮铮的格调。葫芦画明艳的色调传达出他内心积极进取的正能量，轻松随意的笔调表达了他为人处世的宽容和随遇而安，端庄默然的葫芦则象征着他安身立命的原则。

真正能体现出纪光辉创作本意的，却是那一尊桌子上摆放的端庄齐整、方圆有度的葫芦。那是他以李白的《醉兴》为主题创作的。“江风索我狂吟，山月笑我酣饮。醉卧松竹梅林，天地藉为衾枕。”情景交融。怀抱着一颗葫艺初心，静谧而安稳，任由时间流淌，世事变迁，快意人生。

岸上的老船

对于那些古旧的事物，堆积的时光为它们涂抹上了一层神秘的色彩。人们常借助想象来追溯它们的过往，赋予它们一些神性，以增添它们的文化底蕴和审美价值。就像赣榆海边那残破的老船和那一堆老船木一样，撩起的是无边的遐想。

那是一棵有着多少年轮的大树？领受过多少大自然的阳光雨露？经过多少能工巧匠的手，被雕琢成了一艘渔船、商船、战船抑或是画舫云舟？因为什么搁浅在季节的沙滩？又为了谁守望在岁月的河畔？是思念森林里的鸟语花香？还是向往海上的劈波斩浪？

潮去潮来，无论哪个年代，对于靠海吃海的渔家，船就是衣食饭碗。每一艘船都维系着一个家庭的温饱和希望。他们把船当成有生命的木龙，处处讨吉利，时时避晦气。钉船，是渔民养家糊口的关键，处处有讲究。开工之前，要请风水先生来确定开工日期。选一处可以浮船的滩头，用泥土把四周围好，把材料运进去，准备钉船。首先是画图，一般都是由有多年制作渔船经验的老船工亲自来画，然后再按照一定的比例来出大样、出样板。也有老道的高手不用图纸，全凭一把尺子看木材下料，在地上看似随意地画画，就把船底铺好。接着是选料，每造一艘新船，木料都要精挑细选。只有楸木、铁力木、黄花木等具有良好强度、弹性和伸展度的木材才能经得起海水的侵蚀拍打。船的骨架和船帮，要选上等的杨槐树和落叶松为主原料。一艘船就像鱼一样，最重要的，是要有坚实的骨架。需先铺好龙骨和肋骨。钉船从船底开始，船底板合好后，钉制隔舱板，安装大桅座的第一道横梁。这个过程叫铺置，是钉船的基础。船主对此极为重视，过去还会烧香磕头放鞭炮。大师傅一边钉喜钉，一边说吉祥话："天上金鸡叫，地下凤凰啼。今是黄道日，正是铺置时。"接着上大肋。大肋是船帮上贯通首尾的两根最大、最突出的肋木。上好大肋，接着在船头安装一块横木挡浪板，也叫金头。金头上要雕刻龙眼，选择吉时由大师傅用鸡血点睛开光："日出东方喜连连，鲁班差我到船前。金眼光照财神路，富贵荣华万万年。"船体结构完成后，要把船上的每一条木缝、每一个钉眼都塞上用桐油浸泡过的麻丝，然后再用桐油与石灰制成的油灰封牢，晾晒五六天后，再用桐油涂刷两三次。最后在船面上竖起三根桅杆，用白布涂上桐油做桅篷，一条船就全部制作完成了。待涨大潮时把泥迁挖开，船就可以下坞出海了。下坞当天，主家还要用笆斗装钱抛撒到船舱：“一把金钱撒进仓，马鲛鳓鱼尽船装。二把金钱撒上梁，金银财宝动斗量。三把金钱抛到梢，富贵荣华节节高。四把五把六把撒里外，恭喜船主发财万万代。”抛撒结束，新船出海。

造好的新船下坞，要取名、烘灯（即张灯结彩庆贺）、压船（留人在船上吃、睡，日夜不空船）。旧时出海前的仪式也很隆重，猪羊牺牲、香烛炮仗都很讲究，拜神灵拜祖宗，拜龙王拜石干爸，祈祷出海一帆风顺，满载而归。过去船家的禁忌也很多。他们把饭碗当船，筷子是风帆，忌把筷子平放在碗上，因为有放倒桅杆的意思。天天吃鱼，忌说“翻”。一面吃完，不能说“翻过来”，要说“掉个头”“换个面”。忌说“盐”，因为“盐”跟“淹”同音。还有睡觉不能趴着睡，女人不能上船，等等。对这些禁忌的遵守，是对在“无风三尺浪，有风浪滔天”的海上讨生活，“头顶血布吃饭，手插油锅捞钱”的亲人们平安的祈盼。还有那些商船，自秦汉起便有了海上丝绸之路。“舶交海中，不知其数”，运载隋唐的丝绸、宋元的瓷器、明时的茶叶，在广阔的洋面上纵横捭阖，那帆樯万里的壮观给寂寞的海洋带去了几多生气。四通八达的交通网络与各国互通有无，肩负着商品贸易、文化交流、宗教思想交流和睦邻友好的使命，促进了经济的发展和古代文明的传播，在世界航海史上留下一抹抹亮色，让东西方文明伴随巨大的商业利益进行温婉惊艳的对接。还有那些战船，那些画舫云舟，以及那穿过大运河到江南游玩的隋炀帝的龙舟，那穿过六朝金粉之地秦淮河的云船，载过多少文人墨客、歌妓舞娘？如今，还能打捞起多少当年炫目的辉煌？

帆来帆往，多少新船成了旧船。那被海水浸泡出的腥咸味逐渐代替了新木的清香。船帮布满海浪的吻痕，桅杆风化出裂缝，风帆如残破的战旗。船就像一个上了年纪的老人，步履不稳，速度也慢了下来。脾气暴躁的大海，随便闹一点情绪，船舱就要打上厚厚的木质补丁。撑不了多少年，要么沉入海底，要么搁浅岸边。

时光流转，岸上的老船远离了大海的怀抱，变得了无生气，满是沧桑的躯体里埋藏着许多不为人知的隐痛。那些散落成堆的船木，伤痕累累，沟壑纵横，满是铆钉留下的孔洞和海水冲击的印痕。因为海水长年累月的浸泡，散发着湿漉漉的气息，即便是烧火，也不是最好的柴火。可是老船，毕竟经历过沧海，搏击过风浪，承载过历史，创造过辉煌。任世事变幻，与人相伴、乘风破浪仍是它不变的向往。它在岁月的岸边执着地守望，期待因缘际会，重新找回失落已久的尊严和梦想。

有着悠久造船历史的赣榆人，秦时便能造出工艺精湛的楼船，他们最了解船的心思。他们把那些个依然沿用凿榫打眼等古老技法做木工的手艺人组织起来，拆解老船，以船木原形为基础，保留船木原本的伤痕、沟壑和孔洞，精心设计、打造一些形式原始生态、色泽纹理自然、外观温和低调的老船木家具来延续老船的梦想和辉煌，让它从容自信地回到人间，与期待的人再续前缘。

岸上的老船，以新的生命形式续写着树的葱茏、船的从容和原木家具的厚重。远去的是岁月的痕迹，留下的是生命的传奇。

网

休渔期去渔村，在码头边或人家的空场、房前屋后乃至犄角旮旯，随处可见堆起或摊开的网。上面黏附着小鱼、小虾、海菜的碎屑，泛出一阵阵腥味，好像海的里子被翻了出来，在岸上晾晒。拎一拎上纲底纲、引绳网身、浮子坠子，摸一摸被鱼蟹或其他什么东西撕破的口子，感受着海的深广与动荡。

海州湾是海产资源的天然宝库，海边人谋生历来以捕捞为主。“闲时结好网，忙时好逮鱼。”每年的5月1日到9月1日，是海州湾海域的休渔期。此时的网褪去了在海面上“铺天盖地”的豪气，网扣陈旧，布满了岁月的刮痕，可那磨得起毛的网线依旧相互绾结，疏落有致。看着它们那安闲、自在的神态，你必然相信它们对自己此时的境况十分满意。那些堆在地上、刚刚从船上卸下来的湿淋淋的渔网，远离了海水的浸泡和鱼虾蟹贝们的冲撞、咬啮，以一种特有的方式出现在你的眼前。那扑鼻而来的腥味，证明了它们曾徜徉海底、网罗鱼虾的功绩，你会感受到它们的辛劳和伟大。也有不少渔网搭在竹竿上，海风迎面卷来或从旁吹过，渔网上一股股咸腥的味道会扑鼻而来，让你口中分泌出想吃鱼虾的馋涎。如果风儿调皮，呼啦啦一扑，再一抓、一抖、一甩，那网就猎猎地舞动起来，宛若海面上涌起的层层波浪，焕发出一种别样的生机。

外人可以对一张网展开想象和抒情，渔家人可没有这些闲情。网就是他们的生产工具，除了和海上的风浪及他们的生活相关，还代表劳作的苦和累。且不说海上撒网的辛苦和危险，就看那些头上扎着鲜艳方巾在织网、补网的渔家大嫂，一个个低着头，飞梭走线，连话都顾不上讲。“结网不抬头，抬头误三扣。”网扣的结有两种，一种叫四方扣，一种叫鸡爪扣。嫂子们多用打结牢固、不易松动的鸡爪扣织网片。一手拿着绕上尼龙线的梭子，一手拿着规范网眼大小的网梆。先起个扣子挂起来，然后一扣一扣、一圈一圈往下织。网有多样，网线粗细也不尽相同，织网的工具却只有两样：梭子和网梆。梭子有大有小，织大眼网用大梭，小网眼用小梭。网梆，是人们固定网眼大小的尺子，用它可以保证网眼大小的一致性。它也分大小，根据网眼不同，使用不同的网梆。而网眼的大小要以所捕鱼的品种来定。“种什么田，用什么锄；结什么网，逮什么鱼。”鱼类品种不同，捕捞方式不一样，所用的网具也不同。虾网、蟹网，流网、定网、旋网，用途各异。一口大网由无数个小片网拼接而成。拼接好后，要在网体周边连接并扣牢一到两根粗壮的绳子，也叫网纲。撒网和拉网的力道全由网纲承担。连接好网体和网纲，织网就算完成了。一天织下来，肩颈腰，胳膊腿，没一处是舒服的。

从古人用粗布加上麻作为原料，通过捆卷制成渔网，到现代人采用聚乙烯、尼龙等原料生产、加工渔网，随着渔业的发展，捕捞工具也与时俱进，捕捞效率也越来越高。过去木帆船捕鱼主要用大网、张网、对拖网、拉网，现在多用拖网、流网、定网。

其实，对于网，我并不了解多少。我只知道，往钱眼里越钻越深的人，网眼结得越来越小，致使海洋资源越来越少。网眼的大小，决定了人与鱼的关系，也决定了人对海洋、对生态、对大自然的态度，更决定了人的最终走向。

一张面对大海的网，像是越来越孤单的人类千疮百孔的心灵。

海水味道

潮水响

“月亮长，潮水响。”“初一、十五潮，天亮黑遥遥。”“初三潮，十八水，二十两边鬼一鬼。”这些潮汐谚谣，吟诵着心中对淳朴古老的海洋文化的诗化留恋，诠释着潮涨潮落带给人生的启示，随母语植入海边孩子的记忆，在长大后不经意的任一瞬间都有可能被想起。

潮汐的形成与月亮有着密切的关系，早在《山海经》中就已提到，东汉王充在《论衡》中也有“涛之起也，随月盛衰”的说法。还有“朝海晚汐，来去守时。月偏南北，潮水有知”“早潮才落晚潮来，一月周流六十回”，等等，都是“月亮长，潮水响”的佐证。

庄稼人看天，打鱼人看潮。生活在海边的人，每天都可以看到海水有规律地涨落两次，白天的被称为潮，夜间的被称为汐。每次涨落十二小时。涨六小时，落六小时。涨潮是从潮水最低处开始，慢慢上涨；落潮是从潮水最高处开始，慢慢回落。每到初一、十五的天亮时分（六七点钟），潮水涨到岸边，满满当当，一望无际，被称为大满潮。“初一、十五潮，天亮黑遥遥”，说的就是大满潮。满到极致，开始回落。落潮与涨潮之间的是凹潮，也叫平潮，人们可以趁这一段时间拾海。挖花蚬，拾螺螺，敲海蛎，逮螃蟹，捂望潮。“一潮迟三刻，三潮迟顶黑”，潮水一天一个样，第二天满潮的时间总是比前一天迟四十五分钟左右。“初一、十五，潮满正午。”“初七初八两头空，太阳一出潮就动。”“十一十二去捞虾，吃过早饭才离家。”“二十二三，天亮海底干。”“二十七、十二鸡打鸣，潮到海边天大明。”“春三月潮水大，六七月，天变卦。”“四月月半潮，黄鱼满船摇。”“五月十三赶潮满，太阳一出向东流。”什么时间赶什么潮水，拾什么海鲜，捕哪一种鱼，谚谣中都有说法。“初五到二十，打网去赶集”，初五到二十这一段时间，潮水一天比一天大，鱼虾的捕捞量也大，打鱼人可以天天赶集去卖鲜货。有时候，一种潮水还有多种说法。“初三潮，十八水，眨眨眼，没到嘴”，是说初三和十八这两天，潮水比较大，但去得也快。潮水不等人，捕鱼要抓住机会，不然眨眼工夫潮水就小了，鱼儿没捕到，也就到不了嘴。还有一说，是“初三潮，十八水，二十两边鬼一鬼”，告诉人们这两天潮水涨落差最大，是大信潮，但潮水转眼就退，二十开始进入小信潮。“二十二三，潮不上滩”，说的是这几天潮水涨落差很小，涨不到大信潮能到达的岸边，落得也不远。

月守盈亏，潮水守信。潮水有时迅猛上涨，有时又悄然落下，如此夜以继日，年复一年，永不停息。不管什么情况，哪怕是大风大雨，冰雪雷电，潮水始终一天两次，如约而至，从不爽约。唐代李益写过一首提及潮水守信的乐府诗《江南曲》:“嫁得瞿塘贾，朝朝误妾期。早知潮有信，嫁与弄潮儿。”潮来有信而郎去不归，喻巧怨深。诗人白居易也有描述潮水暮去朝来、生生不息的诗 :“白浪茫茫与海连，平沙浩浩四无边。暮去朝来淘不住，遂令东海变桑田。”潮涨潮落，恪守规律，日复一日，海水不断冲击着海岸，使海岸不断发生变迁。尽管这种变化不易测量，但忠诚守信和持之以恒能迸发巨大的力量。不知不觉中，波涛变平野，沧海成桑田。

潮满则退，潮落则涨。涨时激情飞扬，落则沉思默想。一层层推向高潮，又一层层落入低谷。潮来汐去，犹如人生的起起落落。只要大海在，就不愁下次高潮的到来。人生亦然，心若在，梦就在，有了自身的深邃与宽广，才可能见证潮起潮落的壮观与安详。

点燃大海

记不起是哪一年，市作协在连岛举办了一期作家读书班。那是个夏秋之交的夜晚，同学们相约去海边。无意中目睹了可遇不可求的海上奇观——火星潮。星星点点的“火”，燎成一片，发出奇幻诡谲的光，仿佛海被点燃。

站在岸边往下看，大海幽深邈远。忽然，像是谁信手扔了根火柴，黑漆漆的海面瞬间被点燃，一条闪烁着荧光的蓝色长龙蜿蜒于海岸线，如梦似幻，堪与仙境媲美。再往远处看，一排排浪花簇拥着蓝莹莹、绿幽幽的“火焰”，像是把城市的霓虹灯镶嵌在浪尖，又像是将绚烂的烟花绽放在无垠的水面，还像千万只萤火虫起伏在波浪间，更像是点点繁星坠落人间。一排排“火焰”由远及近地推移着、变幻着，越是靠近岸边越是清晰。偶有渔船经过，船舷、木橹上飞溅起簇簇“火星”。随手捡起一块鹅卵石扔到海里，石块落下的地方，溅起一簇“火花”。大家情不自禁地奔向海边的沙滩，来不及卷起裤脚就在滩边的海水中奔跑起来。脚步溅起一圈圈闪闪发光的“火星”，就连溅在身上的海水都闪着星星般的亮光，仿佛置身于天街夜市，光彩夺目。同学们鼓动那个叫片子的诗人吟诗一首，他憋了半天来一句：“海啊，真的海！”引来一片笑声。

查阅志书，连云港的火星潮由来已久。“似火原非火，如星不是星。神兼祝融号，气挟伍胥灵。包孕阴阳理，神奇岳渎经。有人风雨夜，几度见冥冥。”这是清道光年间陈文述作的一首关于火星潮的五律。当时，他跟随太子少保、两江总督陶澍到海州，阅兵东海，游宿城，登高公岛，见到了火星潮。在写云台奇景的许多诗中，这首别开异境，独具特色。20 世纪 60 年代，诗人顾钦雍在赣榆履职期间也见过火星潮，留下了一首《火星潮奇观》：“常忆海边观涨潮，潮来拍岸火星燎。夜深水阔冥冥见，跣涉河横烁烁烧。目击心慌生畏惧，浪飞光溅乐逍遥。人间奇迹难忘却，诗画情浓待素描。”

西连岛的土著居民姚长明说，他们小时候在夏秋时节的晚上，经常能看到火星潮。那时少有电影，没有电视，没有手机，他们晚上的娱乐活动是成群结队地到海边玩。洗海水澡，打水仗，拾香螺，掏望潮，照螃蟹，经常看到海水冲到沙滩上出现一片绿莹莹的光。那些小光点，跟萤火虫一样。赤脚走进水里，那些小光点就围在身体四周，还是立体的，走上岸就不见了。他们把那种绿莹莹的潮水叫火亮潮（他们习惯叫萤火虫为火亮虫)。到了20世纪七八十年代，火亮潮就越来越少见。如今他的儿子——90年代出生的姚小，虽说还是住在海边，但看到火亮潮的机会已微乎其微了。

其实在国际上，火星潮的通用称呼是荧光海滩。据生物学家分析，荧光海滩实际上是一种生物发光现象。所谓生物发光，就是指生物通过体内一定的化学反应，将化学能转化为光能而释放的过程。萤火虫的发光就是最为人所知的一种生物发光现象。海洋中能够发光的生物种类相当多，有夜光藻、发光水母、荧光乌贼、磷虾和海萤等等。当它们受到海浪拍打等外力压迫时，就会像萤火虫一样发出亮光。港城的火星潮应该是由发光浮游生物甲藻类制造的，这些生物白天晒太阳蓄力，到了晚上就来一个会心一击，怒刷存在感。

正像所有的事物都有正反两方面，火星潮亦然。甲藻类大量繁殖，形成的火星潮赏心悦目，但也容易形成赤潮，威胁海水养殖产业。同时，还会在贝类等海产体内累积毒素，给人类带来食品安全风险。

当年在读书班读了什么书早已忘记，只有火星潮还在记忆中明明灭灭。

海猫是只会飞的鸟

说起海猫，不可顾名思义，以为它是栖居在海边的猫。其实不然，它是一种会飞的鸟。

出生在海边的人，打小对海猫就不陌生。走出家门，海岸、渔港、码头、船上，随处可见它们的身影。“啊啊”“欧欧”“叽叽”“嘎嘎”的叫声，分辨不出哪一声是海猫的，哪一声是与它们嬉戏的孩子的。那叫声，不疾不徐地散漫着，有明朗的喜悦，也有无法洞悉的隐忧。不知是不是受了谁的惊扰，它们会忽然飞起来，也会忽然落下。飞来飞去的缘由，外人看不出来。只有海边的人，才听得懂海猫的叫声和叫声背后的意思，看得懂海猫飞翔的队形和队形当中的奥秘。

或许是它们的叫声酷似猫叫，或许是它们对人的依恋像猫，也或许是它们喜欢绕着渔船偷吃小鱼小虾的嘴馋偷腥习性像猫，还或许是它们向往自由而又对海岸充满眷恋，一面天高任鸟飞纵情飞翔，一面拳拳赤子心固守海岸，它们深得渔民喜爱。海州湾渔民完全忽略它们的学名——海鸥，而亲昵地叫它们海猫。在鸟的诗性里，加入了猫的日常烟火气，像是在叫自己的或是邻家的孩子。当地人从不伤害它们，遇有外来人想伤害海猫，他们会毫不犹豫地出手制止。

海猫靠着恒久的坚持，没有成为古生物化石而一直繁衍至今，在海州湾上空自由自在地飞翔。万物皆有自由自在的缘由，也有自由自在的时刻。你看《诗经》里的“凤凰于飞，翙翙其羽”，凤与凰在空中相偕而飞的情景多么和谐。还有“关关雎鸠，在河之洲”“两个黄鹂鸣翠柳，一行白鹭上青天”，都是生命呈现出的最为质朴、生动的姿态。海猫也不例外。有了它们自由自在的身影，海州湾四季都有了一首生活的歌谣。这个温暖的海湾，不唯天气，还有人心、人情也是温暖的。鸟的去向与人有关，海猫喜欢这里，缘由不言自明。

海猫的体貌跟鸽子差不多，红嘴黑喙，红腿红爪，棕色的翅膀，黑色的尾巴，背上是灰白色的羽毛。每年四月到八月，它们结群在水边、小岛中、滩上土丘或芦苇堆上，用海藻、枯草、小树枝、芦苇、羽毛等堆集成一个个浅盘状小窝，开始繁殖。海猫夫妻飞回上一年筑的巢里，与其他巢保持一定的距离，防止其他鸟入侵。它们一起孵卵育雏，四十天左右，小海猫就可以飞向大海，开始独立生活。

它们在海边，在海上航船的航线上，成群结队，在空中飞舞。一旦发现水中的游鱼和软体动物，那小小的身影，便闪电般从云端俯冲下来，如离弦之箭，直射海面，在接近水面的一刹那，衔起食物，继而腾空而起，直上云霄。与其说是捕食，不如说是嬉戏。它们或绕着渔船低空飞翔，列队般有序，热情洋溢地欢腾；或浮在水面，安静地游泳、觅食；或在落潮的海滩上漫步，雪样的一片，像是约好了一起追太阳。夕阳下的海猫，周身像打上了金边。见了人还想亲热，迈着细碎的脚步，谨慎地走到你的跟前，抬起眼，端详着你，优雅而从容。你若置若罔闻，它们就在你身边徜徉，不离左右；你若喂些食物，它们便绝不客气地叼来享受。如果天气骤变，你就会看到它们张开翅膀，像箭一样冲上云霄。哪怕电闪雷鸣，哪怕狂风巨浪，它们都会到大海上与渔民相伴，为渔船导航。

“众鸟集荣柯，穷鱼守枯池。”海猫当然也喜欢群集于食物丰盛的海域。它们对生态很讲究，有海猫的地方一定是适合人居的好地方，也一定是渔业资源丰富的地方。哪里有它们的身影，哪里就会有鱼；船在哪里撒网捕鱼，哪里也会有它们光顾。有经验的老渔民能根据海猫飞行的动作、鸣叫的声音、群体的数量而发现鱼群。每当渔民收起沉重的渔网，它们像是听到了集结令，一下子全聚过来，时而俯冲，时而滑翔，时而旋转，在渔船的上空盘旋不去，期待一顿饕餮盛宴，直到渔民撒出碎鱼碎虾。海猫除以鱼虾蟹贝为食外，还爱拣食船上人们抛弃的残羹剩饭，因而有“海港清洁工”的绰号。港口、码头、海湾、轮船周围常见它们的身影。它们还是海上航行安全的“预报员”。之所以能预见暴风雨，是因为它们的骨骼是空心管状的，没有骨髓而充满空气。这不仅便于飞行，又很像气压表，能及时地预知天气变化。如果出海渔船周围有海猫绕着飞，船老大心里就有了底。海猫贴近海面飞行，未来的天气是晴好的；如果它们沿着海边徘徊，天气会逐渐变坏；如果海猫离开水面，高高飞翔，成群结队地从大海远处飞向海边，或者成群聚集在沙滩上或岩石缝里，则预示着暴风雨即将来临。海猫常降落在浅滩、岩石或暗礁周围，如果群飞鸣噪，就是它们在发出提防撞礁的信号。遇到航行迷途或大雾弥漫时，海猫沿港口出入飞行的习性，会引领渔船寻找港口。如果是船在海上出了意外，海猫还会在很大的范围内飞翔鸣叫，引起过往船只的注意并带领人们前去救助。至于海猫为什么能帮助人类，科学家也无解。我们愿意相信，万物有灵，这是人与动物心有灵犀的默契，也是万物之间爱的本能。

海猫不像其他候鸟，寒来暑往，迁徙奔忙。它们一年四季都守在海州湾，和海边人和睦相处。千百年来，沿海居民与海猫共生共存，共同利用这片海湾繁衍生息。“天清江月白，心静海鸥知”，人和万物心意相互映现，“鸥鹭忘机”。《列子·黄帝篇》中《好沤鸟者》有这样一则寓言：“海上之人有好沤鸟者，每旦之海上，从沤鸟游，沤鸟之至者百数而不止。其父曰：‘吾闻沤鸟皆从汝游，汝取来，吾玩之。’明日之海上，沤鸟舞而不下也。”人心不动鸟不惊，无巧诈之心，异类可以亲近；如果贪念一起，海猫就再也不肯落下来了。自由自在，是生命万物的梦想和追求。

海猫，因为灵性，也因为勇敢，深得人们的喜爱。一些沿海城市把海猫作为市鸟，彰显城市魅力，让海猫在挖掘城市自然资源，改善城市品质，提升城市文化内涵和打造城市形象，提高民众环保意识，展现城市生态文明，推动生态旅游并促进社会综合发展等诸多方面发挥作用，满足市民和社会各界保护生态环境、保护野生动物、爱鸟护鸟的迫切愿望和诉求，构建人与自然和谐相处的生态文明。

海猫，有人喜欢它飞翔的姿态，有人欣赏它引航的勇敢，有人喜欢它漂亮的羽毛，有人欣赏它嘹亮的歌喉。海边人更愿意把它当作另一个自己，在海空飞翔，意味着生命的自由自在，展现着美和力的光彩。

拾 海

对于海边人来说，拾海是一件既有收获又有趣味的事情。“田是粮仓，滩是银行”，一直以来，拾海是海边人家谋生的常见方式。

一望无际的海滩，像陆地上的田坐一样，高低起伏，软硬不一。有的地方干，有的地方湿；有的地方是细沙，有的地方是淤泥。掌握了潮涨潮落规律的海边人，都会赶在潮落的时候，到滩涂和礁石上拾小鱼、小虾、小螺螺。特别是农历初一、十五涨大潮，潮水涨得快，退得也远。如果碰上西南风，潮水一退退出五六里。很多在近海捕食的鱼、虾、乌贼，特别是行动较为迟缓的贝类海鲜，来不及撤退，就被搁置在沙滩或泥滩上了。

海边人会抓紧时间，换上水靴，拎着踏槽，挎着竹篮，提着小桶，带上耙子、铁铲、凿钩，成群结队到滩涂上捡鱼虾，捉滩虎鱼，捂望潮，敲海蛎，拾螺螺、花蚬等贝类。潮退得远时的海滩像沼泽一样，一脚下去，淤泥能没到大腿，寸步难行。有时候连人都陷进淤泥里，越动越陷，越陷越深，“难以自拔”。这时候轻便灵巧、操作简便、省时省力的踏槽就派上了用场。踏槽多用不怕海水侵蚀的槐树制成，涂上桐油，防水防腐耐用。蹬踏槽的多是男人。他们左腿单膝跪在槽后的板上，右脚在淤泥上使劲一蹬，踏槽就向海滩深处滑行。他们便随手将鱼虾蟹螺等捡入舱内。蹬得越快，踏槽滑得就越快，捡得也越多，槽后拖着长长的印痕。驾驶踏槽，要使巧劲，眼睛要看着前方，身子要轻，两腿用力要均匀。要是新手还没掌握要领就去滑踏槽，弄不好会一头栽进淤泥里，别说是捡海鲜，就是自己这个人都要等着别人拽。有时，捕捞归来的渔船遇到了落潮，靠不了岸，就停在远离岸边的海里，等着踏槽救急。只见淤泥海滩上，一条一条踏槽，载着一只只装满二三百斤鱼虾的大竹筐，在海滩上来回穿梭，不管有多少船的海鲜，都耽误不了出售。

女人们为了躲避风吹日晒，用颜色鲜艳的方巾、口罩把自己的头部、脸部包裹起来，只露出两只眼睛。踏着时硬时软的滩涂，深一脚，浅一脚，手不停，脚不住。滩上的花蚬比较好拾，用手都能抠出来；海星主要栖息于浅海的沙地或礁石上，捡起来也比较容易；海虹一般附着在礁石上，如果没有工具，很容易割破手指，要用小铁铲才行；海胆喜欢聚集在海湾处的礁石缝隙里，在大风过后的退潮时段最容易捡；蛏子潜伏较浅，适合挖掘。如果在海滩上看到相距不远的两个小孔，孔圆且深直，这两个小孔就是蛏子两个水管伸出的地方。调皮的孩子向小孔里撒一点盐，蛏子就会按捺不住，自己跑出泥滩。海菜算是海滩上的蔬菜了。3 月份的海菜最嫩最鲜，直接采回家，不管是凉拌还是包饺子，都鲜美无比。比起白捡的鱼虾乌贼之类，敲海蛎子要费些功夫。海蛎子都附着在礁石上，海蛎壳很锋利，哪怕是和皮肤轻微擦碰，也会划破皮肤。一般都要戴上手套，用凿钩撬开壳，把肉剜出来放到桶里，或是打下蛎壳用编织袋背回家慢慢撬。

孩子们最爱的是逮螃蟹，一边找一边玩，两不耽误。小螃蟹常常躲在海边的一些大石块下，用小耙子翻动石头，躲在石头下的小螃蟹们便会四散而逃。此时只要出手迅速，便会手到擒来。也有失手受伤的时候。碰上小公蟹爪子力气很大，小孩子又不喜欢戴手套，一不留神，就会被螃蟹夹住手指不放，即使手指被夹出两个血点，也甩不掉。有时岩石边的小螃蟹狡猾地藏在石缝中，看得人心痒痒就是抓不到。这时候就要用随身携带的铁丝和手电筒来搞定。其实，晚上是抓取小螃蟹的最佳时机。螃蟹被光束罩住，便一动不动，手电筒一照一个准。拾海基本不需要经验和技术，男人、女人、孩子都可以。只要眼尖手快，手脚麻利，一潮下来，能干的人，能有几十斤的收获。这些来自大海的馈赠，在供一家人解馋之余，还可以就地“估堆”批发或是拿到菜场零卖，也是一笔不小的收入。

岁月流逝，近几年，大片的滩涂逐步被城市发展的衍生物所驱赶和污染，拾海人的生存线在退缩，曾经靠滩谋生的拾海人面临无海可拾的境地。那海滩上既是劳作又是娱乐的拾海场景，渐渐成为记忆中的诗意乐园。

接 潮

渔村的记忆像一块琥珀，旧日的人物、场景、气味统统定格、浸润在时光的松脂中。织网、钉船、接潮……接潮的女人，站在夕照里，目光如鸥鸟的翅翼，掠过嶙峋的礁岩，掠过喧嚣的浪花，把一天的晚霞望成驮着汛期的帆影。

那时的连岛码头就是海岸边填平的礁石。易君左诗云："渔舟并列候潮来，远岸平沙几曲回。省识当前潮有信，一帆飞去万鱼归。"海州湾位于黄海及整个中国东部海域的脐部，是东海和渤海的纽带，又处在亚热带和北温带的过渡区。浪不太高，流不太急，冬暖夏凉。数十条涧、水沟、河的归附，给海州湾带来大量淡水和腐殖质，使其生态适宜多种鱼类生活。海州湾自古以来就是我国著名的海上渔场。春夏鱼汛时节，不仅是当地渔民在海上捕捞，东海、渤海的渔民也会聚舟于此。里三层，外三层，樯桅如林，帆影如织，满眼都是进进出出的渔船。

海上捕捞分近海捕捞和远海捕捞。近海捕捞是在家乡近海近取和小取。近取和小取要“赶潮水”——早上趁着涨潮，一两个人摇着小舢板或小渔船出海，单船拖网就可以作业，晚上再趁涨潮时归来。如果在“赶潮水”的时间上有延误，就会出不去，回不来，耽误一天时间。每次“赶潮水”归来，还得抢时间从船上卸下渔获，再往船上加水加粮。渔船归来，只要有人喊一声“接潮喽”，无论是谁家的船，全村男女老少，都会自觉地拿着抬筐扁担，挑的挑，抬的抬，帮忙卸货。

远洋捕捞的黄花船、远洋船吨位大，马力也足，作业方式是两艘渔船对船拖网。每年早春到长江口和东海舟山群岛捕黄花鱼，秋季到渤海捕对虾和小乌子。春秋季节，各地渔民都到海州湾捕杂鱼。远洋作业，要抢鱼汛。每捕到鱼就到附近的鱼行或海上收鲜船中销售。清明离家，直到秋后才能归来。出海的人固然辛苦，女人在家带孩子、照顾老人、洗衣做饭、织补渔网，也不容易。“有女不嫁打鱼郎，一年三季守空房。寒冬腊月回家转，还是一包旧衣裳。”远洋船出海时，村里人会自发集中在岸边，为远行的渔船送行。上百艘渔船鱼贯驶出港湾，机器轰鸣，红旗猎猎，浩浩荡荡地驶向大海，船尾拖曳出无数条的白浪，形成蔚为壮观的场景。若是在海上大获丰收的，尤其是在海上遭了风险，劫后余生又丰收而归的，离岸好几里就在桅杆上挂起得胜旗，意为“得胜回朝（潮）”。船员逢凶化吉与家人团聚，心里高兴，左邻右舍跟着高兴。大家自发涌上码头，敲锣打鼓欢迎船员们胜利归来。有时候，船还有半里远，岸上的小伙子就急不可待地跳下海，凫水过去迎接。对这样的接船人，船上人要请他吃糕喝糖茶。接船人和船上的人一同上岸，算是最隆重的“接潮”了。当一艘艘载满鱼虾的船靠岸，守候多时的小贩们蜂拥而上，女人们放下手里的梭子，玩耍的孩子也奔过来帮忙。满天晚霞在辽阔的海面洒下片片粼光，似有千万只鱼儿在海面跳跃。不时有三两只滑行的海鸥落在船头觅食。蒲扇样的鲳鱼，纺锤样的墨鱼，金光闪闪的大黄鱼，还有蟹子、虾婆婆、带鱼、黄鲫鱼，一筐一筐地被抬下船，就连码头边的礁石缝里也有掉落的鱼。眼神活络的孩子钻下去，在石缝里捡拾，没有一大篮也有一小桶。岸上的鲜货或过磅卖掉，或拿回家，或送邻居亲友，人声喧哗，一片繁忙。

一片土地的耕耘有一片土地的方式，也有一片土地的智慧。海州湾沿岸传统渔村规模都不大，多的有数百人上千人，少的只有几十人，生活条件相对落后，需要大家相互帮衬，相互协作，才能更好地生活下去。“接潮”衍生出的团结互助精神在渔村代代相传。大到修船修房、红白喜事的操办，小到补个网、搬个东西，甚至不用主人邀请，乡邻就会主动上门，忙完各自回家。

时光飞逝，属于渔村的无数个意象，渐渐凝固在记忆深处，藏着无从言说的喜悦和忧伤。

大海螺里住着我

“大海螺，小海螺，一跑跑到后沙窝。煮螃蟹，剥虾婆，就是不煮大海螺。大海螺里住着我，煮了海螺疼死我。”关于海螺的童谣伴着“呜—嘟嘟”“呜—滴滴”那嘹亮清越的螺号声响彻童年。

大海螺像是风浪淘洗后遗落在滩上的大海的耳朵，海边的孩子喜欢把它们放到耳边听涛声，或把它们做成螺号吹。“小螺号，滴滴滴吹，海鸥听了展翅飞；小螺号，滴滴滴吹，浪花听了笑微微；小螺号，滴滴滴吹，声声唤船归啰；小螺号，滴滴滴吹，阿爸听了快快回啰。茫茫的海滩，蓝蓝的海水，吹起了螺号，心里美吔……”歌声中描述的是儿时的情景。

那时候，海边的沙滩面积很大，遇到大潮，海水退出很远很远，甚至退出鸽岛。想拥有一把自己的螺号，并不难。放学后，到落潮后的沙滩或堤坝上绕一圈就能实现。海螺的品种、大小、习性各不相同。大麻螺、香螺、沙螺以及许多叫不出名字的小螺螺，它们形态各异，生长的地方也不同。大麻螺躲在水深点的沙滩上，香螺在靠近岸边的沙滩里，小沙螺藏身于岸边的礁石缝里或水泥的护坡上。赶上四五月份的大信潮，大麻螺上岸产卵，岸边礁石上一个挨一个，有的甚至四五个成团吸在一起。抓住螺壳使劲一拽，吸在岩石上的小团扇一样的大嘴巴就开始收缩。捡回海螺，一般是煮了吃，或是切片炒韭菜、青椒或别的蔬菜。煮的时候不能过度，水开了就好，不然煮老了，肉不好挑。大响螺的肉用牙签挑不动，要用筷子。吃的时候最好拿掉那条灰绿色的麻筋，不然有些麻、有些苦。螺壳呈螺旋状，螺肉在里面的形状是弯曲盘旋的。挑的时候也不能着急，要顺着螺纹往外旋，不然，使蛮劲挑断了，就只能吃头，那又香又腻的黄就留在壳里了。

海螺壳大而坚实，呈灰黄色或褐色。壳面粗糙，具有排列整齐的螺肋和细沟，像暗礁石，也像一个螺旋，螺纹从小圈到大圈，一圈一圈扩展开去。壳口宽大，壳内面光滑，壳口内为杏红色或灰黄色，有珍珠的光泽。把螺壳贴在耳边，就会听到“嗡嗡嗡”如海潮轰鸣的声音。螺旋状的螺壳里贮满空气，周围嘈杂的声音使螺壳里的空气振动，贝壳的结构使它依靠共振放大了环境中某些特定频率的声音。

我们挑出个两拃长、颜色青白或有花条纹的大螺壳洗干净，把尾部尖尖的部分一点点小心地敲掉，在钻或磨孔的过程中要经常试吹，确保吹孔的大小恰好能产生自己最喜欢的音调。打磨会使孔的四周温度迅速升高，因此在试吹前要用冷水给吹孔降温。海螺号做好后，你能吹出的不只有一个音调，通过改变唇型和用力程度，就可以改变音调。如果嫌直接吹磨嘴，也可以买个小吹嘴粘上。开孔的时候要注意开到跟吹嘴一样大小。吹奏时，左手握螺口，两唇紧贴吹嘴送气。呜呜嘟嘟，根据唇形和送气的不同，海螺会发出不同的声音。一支海螺可发出一个基本稳定的长音，因螺身大小不同，发出的音高也各异。海螺的音色与螺纹的粗细和多少有直接关系，一般说来，螺纹细、少，音色较明亮，反之音色较深厚。在螺的顶部扣上细线绳，平时不吹时就挂在脖子上当装饰品。

长大后，我从书上了解到，古代不仅有烽火传信、飞鸽传书等通讯方式，海螺号也曾作为通讯工具发挥过重要的作用。海螺号不仅在我国清朝时被作为军号使用，还一度在世界各地吹响。尤其是在沿海地区，人们曾通过连续的螺号声在村庄与村庄、部落与部落之间传递颇为详细的信息。此外，在许多国家，海螺号的作用远不止于交流，它们还成为伴奏的乐器。

海边人的血液里流淌着一片海，海螺里住着我们快乐无忧的童年。出门在外，我们会带上一只海螺，每当想家时，就拿出来放到鼻子上闻一闻，腥咸的海的气息扑面而来；放在耳朵上听一听，潮起潮落的轰鸣汹涌澎湃；放进嘴里吹一吹，“呜呜——嘟嘟——滴滴”的声音慰藉着思乡之情。

蟹之味

国人的饮食是讲究时令的，无论是农历二月二的荠菜饼，还是端午的粽子，冬至的饺子，都敌不过对“秋风起，蟹脚痒；菊花开，闻蟹香”的期盼。秋风送爽、丹桂飘香之际，海边人如果不吃一次螃蟹，那就是枉过了。如古人所言：“不食螃蟹辜负腹。”

其实，吃东西和读书作文一样，讲究个情景交融。合适的时候吃合适的东西，能把日常生活吃出诗情画意来。比如“晚来天欲雪，更饮一杯无”；比如“待到重阳日，还来就菊花”；比如《红楼梦》里吃螃蟹，要在桂花树下，是“持螯更喜桂阴凉”，是“桂霭桐阴坐举觞”，吃的是一种风雅，如果一群人坐在桂花树下啃猪蹄，一定会大煞风景。还有皮日休的“未游沧海早知名，有骨还从肉上生。莫道无心畏雷电，海龙王处也横行”，全诗未出现一个蟹字，却将蟹的神态、习性写得淋漓尽致。李太白的“蟹螯即金液，糟丘是蓬莱。且须饮美酒，乘月醉高台”，让饮酒吃蟹后的满足跃然纸上。

不管是河蟹还是海蟹，都是“蟹过无味”的蟹，一样鲜香。但海边人更喜欢海蟹。家乡连云港海域，最常见的蟹有梭子蟹、青皮、靠山红、大紫螺、小花盖等等。公的梭子蟹又叫长腿郎，母的梭子蟹也叫彤蟹，一般半斤一个。照理说，生活在海边的人，吃蟹本是件平常不过的事，可随着生态环境的恶化，再加上捕捞过度，蟹越来越少，也越来越小，越来越贵了。大个的彤蟹一般都得一两百元一斤，长腿郎也要百十来元一斤，一般人家一年吃蟹的次数就屈指可数了。逢年过节买回几只，一家人一人一只就不错了。细致地把肉、黄吃完，总感觉意犹未尽。好在有小花盖可以打馋虫。算好渔船回来的时间，到海边一边等一边看，看海鸥驮着夕阳追逐归来的渔船，看渔民抬下一筐筐鱼虾蟹。小花盖一只重二两左右，一斤有五六只，在船上买一斤也就十几块钱。买个五六斤回去一煮，一家人吃得心满意足。

对于游子来说，家乡的概念宏大而宽泛，可具体到舌尖上，就活脱脱了。一蔬一饭，想起来就让人垂涎。就如海边人不管身处何处，一想起蟹，便口舌生津。螃蟹的吃法很多，蒸、煮、炸、烧，都让人不忍拒绝。我们最喜欢的吃法还是水煮，原汁原味。捏住蟹盖，任它的大钳子在空中徒劳地挥舞，拿个刷子，给它搓搓洗洗，冲个澡。凉水下锅，水过蟹盖即可。放点葱段、姜片，大火煮个 8—10 分钟，青色的蟹壳已变得通红，更有金黄色的蟹膏从蟹盖边溢出，满屋鲜香。

吃的时候也有讲究。有人不无调侃地说，渔民吃蟹，上来直接把蟹盖给掀了，跟看见姑娘漂亮就掀人家的裙子一样粗鲁和不堪。还是南方人精细，备有精巧的小钳小剪，能把这个横行霸道的东西吃得秩序井然。甚至能将吃剩的蟹壳拼凑成一只完整的蟹，让人难辨真假。如果让我面对扬州人吃蟹用的蟹八件，怕是要逃之夭夭，宁愿不吃，因为实在没有耐心用斧、剪、叉、镊依次从螯里挑干净那肉丝来。面对一只蟹，我常常是直接上手、上嘴，剥、咬、挖。先把八条腿一一卸下，掰开脐拉下，顺势剔除细肠，用拇指插入背盖后缘，把盖掀开；再以大螯为铲，贴着壳底环铲一周，把背壳里的东西提出来，用手剥下乳白色蟹膏、红色蟹黄；最后把蟹身一折两段。胸腾数叠，叠叠皆脂；旁列数仓，仓仓是肉。用舌唇剔骨食用，不小心能鲜掉舌头。有闲情的话，可以在蟹胃里翻出蟹和尚——传说是那个拆散许仙和白蛇娘娘的法海大师钻进去变的。蟹腿不能忘，用牙齿咬断长节前端，从管中吸出蟹肉，再用手捏住腕节扳断，就势拖出长节内骨筋。蟹腿的肉更嫩更滑，尤以螯掌中的那块为最。如再有三两友人，佐以白酒去腥驱寒，就真可以“蟹肥暂擘馋涎堕，酒绿初倾老眼明”了。

因为吃螃蟹，寂寥萧瑟的深秋变得生动明媚起来。

大头沙光

“大头沙光二斤半，卖给土佬做煨罐。土佬嫌它小，一脚踢多远。”这是我们小时候调侃小伙伴头大的顺口溜。每每念将起来，想起的不仅是儿时的伙伴，更是舌头与味蕾依恋的沙光鱼的鲜香，一点一滴漫过心间，牵牵绊绊地萦绕、低回。

“鱼鸟不失信”，每年的什么时间在什么地点，山里飞来什么鸟，海里游来什么鱼，都非常守时守信。因此，什么季节吃什么鱼也非常有讲究。单就沙光鱼来说，同一种鱼因为不同的上市时间就有了高低贵贱之分。“正月沙光熬鲜汤，二月沙光软丢当，三月沙光满墙撂，四月沙光干柴狼，五月脱胎六还阳，十月沙光赛羊汤。”可见，秋冬时节是沙光鱼最肥美的季节，这时的沙光鱼肉质细嫩，肤薄刺少，味道鲜美。据《食物本草》记载，沙光鱼“暖中益气，食之主壮阳道，健筋骨，利血脉”，有很高的营养滋补价值。它的吃法很多，炖、烧、煮、炸、煲都可以，还可以晒成鱼干。尤以做汤和红烧最为出色。

鱼汛一到，我们就能喝上母亲熬的沙光汤了。做沙光汤和做一般的鱼汤一样。将鱼洗净，去鳃和内脏，在油锅中煎一下，加入热水适量。大火烧开约五分钟后加入葱和姜。文火熬至鱼汤发白（熬的时间越长越好，肉脱骨后将鱼骨挑出最好），像牛奶一样洁白浓稠。出锅后撒上一些香菜，色香味俱全。听母亲说，鱼汤不光营养丰富，还是月子里的女人补身体、催乳汁的秘方。鱼多的时候，除了熬汤，还可以红烧。将鱼洗净后破肚取出内脏，放葱姜入油锅里炸出香味后，就可以加水，加适量酱油料酒。放鱼入锅，大火烧开即可。还有一种做法就是撒上椒盐后油炸，酥脆爽口，味道也不错，百吃不厌。

沙光鱼生长在海州湾沿海咸淡水交汇处的“阴阳水”中，它适应温度和盐度的能力较强，是我们连云港特有的鱼类。它全身油光水亮，龙头凤尾，滑溜溜的没有一片鱼鳞。淡黄色的身子点缀着点点黑斑，因而渔民喜欢叫它沙光鱼。沙光鱼的一生只有一年时间。冬季枯水季节，它们藏身于泥滩深处穴中，不进食，处于冬眠状态。春天遇水即出，清明时节产卵，卵随海水进入养殖池塘或进水口外的水面生长。老沙光鱼产完籽不久就结束了生命。小沙光鱼孵化后虽然长得很快，但长不大。一般只能长到一尺来长，七八两重。至于为什么长不大，流传着这样一个故事。很久以前，沙光鱼便在苏北沿海一带生长繁殖。它头大嘴大肚子大，再加上贪食，长得很快。有一年，东海龙王举行鱼类竞长选拔赛，参加比赛的沙光鱼傲视群鱼，口出狂言："我一年一尺长，三年赶上老龙王！"不想此话传到龙王耳里，龙王勃然大怒，当场写下御旨："骄傲自满小狂孩，忘乎所以太轻率。罚你一年一脱胎，十年还是我的小乖乖。"沙光鱼不服，扭头就跑，一不小心撞在大柱上，弄成了鼓嘴大腮的嘴脸。从此，沙光鱼只能活一年，每年产完籽不久便会自行消瘦死亡。

海边人家，家中来客，等菜下锅。主人拎着钓竿出门，一袋烟的工夫，鱼已入锅。此说虽有些夸张，但也说明沙光鱼不但多，还好钓。连鱼钩都不用，半大小子以及我们这些小丫头都会钓。钓鱼前，到湿地挖一些蚂蟥或蚯蚓，用草灰将它们呛死，然后用针线串成鸡蛋大小的一团。找一根两三米长的细竹竿，上面扣一根几米长的尼龙线，线头扣一个锡砣，下面再扣上串好的饵料，再带上篮子和网舀，钓鱼工具就齐了 。或站在岸边，或下到水中，左手拿鱼竿，一边慢慢不断地移动竿子，一边慢慢地抖动线下的钓饵，听到"吧嗒""吧嗒"声就将渔竿往上提。贪嘴的沙光鱼紧紧地咬着饵料，鼓起大腮，瞪着小眼，直到离开水面才张嘴。这时，扬竿伸网，右手拿着网舀往前一伸，鱼正好落在舀子里。半天下来，会钓的人能钓个十来斤。

吃自己爱吃的食物，好比读到自己喜欢的文字，也是一种美好。想起沙光鱼，隐隐有袅袅香气回旋、升腾，笼罩着一日三餐的恒长，洗涤你，重塑你，还原你，一次又一次把你变成崭新的你。沙光鱼，从少年吃到中年，依旧爱恋。

去菜场，买二斤沙光鱼，纵然身无所长，却一样释然；纵然心里空虚，也还会想起那首童谣："大头沙光二斤半……"

西施舌

随便什么食物，一旦与历史与名人挂上了钩，便有了文化的意味。比如屈原与粽子，苏东坡与东坡肉，还有西施与西施舌。

西施舌非蚬非蚌，外壳呈扇形，像是一把小巧的檀香扇。颜色淡黄带褐，顶端有点紫，形态俊秀。肉形似小舌头，一触便缓缓竖起，片刻又恢复原状。含在口中有滑嫩柔软的感觉，宛若人舌，洁白柔嫩，味道鲜美。这大概是它名字的来历。

西施舌，乍一听，有些香艳，确实令人浮想联翩。关于它的传说，各地不同。福州传说，春秋时越王勾践借助美女西施之力，使美人计灭了吴国。大局既定，越王正想接西施回国，王后怕西施回国会受宠，威胁到自己的地位，便叫人绑一巨石于西施背上，使她沉于江底。西施死后化为沙蛤，期待有人找到她，就吐出香舌，倾诉冤情。胶南一带传说，西施在逃生的路上与范蠡失散，她自知貌美孤单，难逃不幸，故意咬断了自己的舌头吐于河中。舌头恰巧落在一只正张开壳的河蚌中。美人之舌当然也不一般，竟然在蚌体内存活了，并由河中进入大海，成为今天的美人舌。崂山传说，唐玄宗东游崂山时，厨师给他做了一道汤菜，观之若乳汁，食之若甘醴，唐玄宗对其香鲜美味赞不绝口，当即赐名西施舌。连云港传说，秦始皇东巡时，旅途劳顿，茶饭不思，赣榆方士徐福献上一味鲜汤。该汤色白而腴，味脆且鲜。乳白的汤汁里，贝肉白里透粉，状如人舌，汤面上漂浮着的香菜碧绿生青。喝一口汤，鲜香扑鼻，如饮甘醴；嚼一块贝肉，爽滑脆嫩，如吮美人之舌。唐玄宗当下味蕾绽放，胃口大开，遂命其名为西施舌。

现实中的西施舌，没有那么金贵，其实就是渔民嘴里的沙蛤，是在潮间带下区和浅海沙滩上生活的一种贝类。每到落潮时，海边人会换上破旧一点的衣裳，套上长筒胶鞋，扛一把锄头或铁锨，拎上石磙，带着铁丝钩，奔向沙滩。将系在石磙两端的绳子拎起，往肩上一搭，便呼啦啦地拉起来。穴居在泥沙中的沙蛤受到碾压，会立刻将两瓣壳闭起来，同时从出水孔喷出小水柱。这时，用铁丝钩顺着水柱插下去，一插一个准。也有的人用铁锨挖，找到有沙眼的地方，翻起沙泥，挑出沙蛤。会挖的人，一潮下来，也能挖个十来斤。涨潮时，不能恋战。潮水比人跑得快。回家时不能忘了用小桶提点海水回去，要把沙蛤放进去养养，让它们把肚子里的泥沙吐干净。

说起吃西施舌的感受，清人张焘曾在《津门杂记》中吟咏："朝来饱啖西施舌，不负津门鼓棹来。"清人郑板桥在《潍县竹枝词》中也写过："更有诸城来美味，西施舌进玉盘中。"他说西施舌这种海产品都被豪门贵胄之家食用了。其实，西施舌海边人常吃，且吃法比较简单。常常是清水放点盐，放点葱姜，煮开便剥着吃。或是汤下面条，肉炒韭菜，一吃一个饱。饭店里的吃法比较讲究，清蒸、水煮、辣炒汆汤，不一而足。隔水清蒸、下水水煮自不必说，备好醋、姜末、香菜末、蒜末，按个人口味自取即可。炒西施舌一般用干辣椒、葱、姜、蒜炸锅，将洗净的西施舌倒入锅中，大火翻炒至炸开即可。也有口味不同的，要将西施舌洗净烫好后切片，与水发香菇、冬笋、芥菜、料酒、白酱油、糖等配料一起炒，只是觉得没有清炒清爽。地道的吃法是汤菜西施舌。先将带壳的西施舌用开水汆过，除去内脏后洗净；准备一些菠菜心，用开水烫一下，然后放入汤碗中；将沸汤调好口味，放入西施舌，开锅后撒上韭黄和香菜末，起锅倒入汤碗中，汤清见底，玉舌飘动，肉质白嫩，清鲜可口。至于北方一些火锅店中那种开锅一涮的吃法，既糟蹋了它的鲜美，又辜负了它的芳名。

"无端更号西施舌，重与儿曹起妄情。"有些男人在吃西施舌时，会自作多情，幻想着自己是在与西施的香舌纠缠不休；女人呢，又觉得这个贝壳像是有口难言，长得美只能被利用，长得不美又没有传奇。左右逃不过厄运，不如成就饮食男女的口腹之欲。

望潮

如果不是生活在海边，很难想象诸如望潮、美人蛏、西施舌这些曼妙的名字所代表的那些海鲜的形状。

望潮的学名叫章鱼，我们连云港人喜欢叫它望潮。每到潮汛来临时，它的触手会上下招摇，渔民可以据此判断潮水的涨落，这大概是“望潮”的由来。它飘带一样的触手有八只，弯弯扭扭地漂浮在水中，所以它又被称为八带鱼。它的长相实在让人不敢恭维，小头，大眼，长手脚。卵圆形的头有鸡蛋大小，两只眼不但大，还睁得圆鼓鼓的，一动不动，像猫头鹰一样。看不到身子，拇指般粗细的七八寸长的八条带状手足，直接从头部伸出来，粗壮有力，外侧光滑，内侧布满几百个吸盘，一旦吸住物体就决不放松，只有将其放入水中，吸盘才会自动松开。望潮多栖于岩石缝隙或海底的洞穴中，以虾蟹及甲壳动物为食。它自己无甲无骨，喜欢钻进动物的空壳里居住。每当找到牡蛎，就在一旁耐心地等待牡蛎开口的一刹那，趁机吃掉牡蛎的肉，自己钻进壳里安家。也常把身体躲进海螺壳里，遇到危险时，迅速连胳膊带腿缩进去。遇到好吃的，又没有危险，再伸出触手来捕食。

一般人以为它用四条触手来移动，用另外四条捕捉猎物和辅助进食。其实不然，它的八条触手分为六条胳膊两条腿，那两条腿可以跨越岩石障碍，四处移动，甚至可以在海底奔跑。而六条胳膊用于捕食，驱动身体。如果没有甲壳栖身，它就会在浅水滩涂上打洞藏身。它在淤泥中，用爪子上的吸盘掏个很深的洞，将自己藏进去。特别是春秋两季，它会游到近海，涨潮了在水中游动捕食，落潮了就钻到洞里。这时是抓捕它们的最佳时机。

海边人把抓捕它的过程形象地称为掐望潮。遇到刮西南风的好天气，望潮在泥沙滩打洞，滩面会有米粒样的沙上堆成的小土堆，中间有个小眼。如果“米粒堆”新鲜，洞里一定有望潮。如果是阴雨天，就不会有“米粒堆”，但如果有个小眼往外沘水，也说明洞里有望潮。发现望潮，不能直接上手抓住它的腿往外拖，越拖它越向里面缩，就是把腿拽断了，也拖不出身子。而且它会从藏在水下的洞口跑掉。掐之前要从小眼的附近找洞，手从洞口伸进，有望潮就会用触手吸住人手。这时，手掐住望潮头，一拽就拽出来了。如果干拽爪子，常常只能拽出一条断爪。望潮有很强的再生能力，如果它的触手被牢牢地抓住了，就会“壮士断腕”，保命而逃。触手断后，伤口处的血管会极力收缩，伤口迅速愈合，不久又长出新的触手。

祖居海边的人根据望潮喜欢钻入贝壳的习性，仿效海螺甲壳的形状烧制小陶罐，在罐壁和罐底留有黄豆大小的孔透气，或捡一些大海螺打孔，做成望潮窝。将望潮窝串成串放到贴泥的浅水内，不需要饵料，隔宿提窝就能掏出望潮。

雌望潮也许是世上最尽心、最富有自我牺牲精神的母亲。它的一生只生育一次，当它产下一串串晶莹饱满犹如葡萄粒的卵后，就藏身于自己的洞穴之中，不吃不睡，寸步不离地守护着自己心爱的宝贝。等到小宝宝从卵壳里孵化出来的那天，母亲也了却了心愿，精疲力竭地死去。

望潮有好多吃法，生炝、凉拌、辣炒、酱烧，等等。和萝卜、蒜薹、肉一起烧，都很好吃。望潮多了还可以晒干，到了冬天，放到火上一烤，吃起来又香又有嚼劲。或用水泡泡，烧白菜、烧萝卜，再放点辣椒，鲜香爽口。

当然，海边人最喜欢的还是趁新鲜水煮，口味原始。煮好后的望潮像一朵盛开的菊花，八个爪子变成了八个大小基本一致的花瓣，肉质白嫩。咬一口，满嘴鲜香，那独特的味道成了挥之不去的记忆。

蚬过无鲜

随着一声声“嗤嗤”声响起，铁板上的花蚬一个个在烟雾缭绕中跳起舞来，一阵阵鲜香扑鼻而来。趁着热气，夹一个放嘴里，又鲜又嫩又滑。这时候要稳住舌头，不然，会鲜得你连舌头一起咽下。

花蚬，素有“天下第一鲜”的美称。可在海边人的眼里，实在算不上是什么稀罕物。在落潮后的沙滩上，随手都能挖到花蚬。

连云港拥有200多公里长的海岸线，沙滩辽阔，气候冷暖相宜，适合贝类的生长繁殖。花蚬更是多如繁星，在近海海域世代繁衍。大信潮的日子去海边，晚霞染红西天，几只灰白的海鸥一会儿逐浪嬉戏，一会儿在人的头顶上空盘旋。海浪轻轻拍打着沙滩，渐行渐远。裸露的沙滩上，松松软软的沙泥，像是波涛留下的弯弯曲曲的记忆。赶海挖花蚬的人蜂拥而至，他们挽起衣袖和裤脚，跃跃欲试。有的背着化纤袋，扛着带齿的铁耙；有的拖着铁锨，拎着塑料桶。选一块松软的沙泥地，用铁锨一下一下地翻，像农民翻地一样，把里面的花蚬拣出来，扔到装有海水的桶里吐沙。或是拖着铁耙在沙泥上倒走，凭着手感和沙中传出的声音，将一只只花蚬收入网兜。又或是用双脚踩，在沙滩上找到它们的"U"形呼吸孔，在孔的边上跺一下脚，如果冒出了一串小气泡，喷出一股细细的黄色水柱，就证明确实有货。要迅速把蚬子挖出来，拾进网兜，否则呼吸孔被潮水盖住就找不着了。

在沙泥滩上挖花蚬的人，双脚用力"吧嗒吧嗒"踩，脚下一踩一滑，腰肢有节奏地一扭一摆，就像跳着一曲欢快的舞蹈。人们边踩边说笑，既有劳动的乐趣，也充满了诗情画意。

花蚬个头不大，比成人拇指大不了多少。壳瓣左右大小相等，壳顶稍稍突出，背缘靠前方微向前弯曲。有奶油色、棕色、深褐色，壳面光滑，釉质花纹像五线谱，演绎着海的神韵。内侧有白色、粉红色、淡灰色或肉红色，珠圆玉润。

花蚬大多栖息在砂泥中穴居生活，以藻类、浮游生物为食。平时常露出沙面，冬季潜入沙底越冬。涨潮时，升到滩面，伸出水管进行呼吸、摄食和排泄；落潮后或遇到外界刺激时，就双壳紧闭，或依靠足的伸缩活动，退回穴中，在滩面上留下两个靠得很近的由出水管和入水管形成的"U"形孔。个头小的，穴居较浅；而个头大的，天又冷时，潜入就深一点。

花蚬不仅外形好看，营养也很丰富，蛋白质含量比牛奶都高，吃法也很多。生于海边长于海边的人们拣回花蚬后，不急着吃，而是把它们盛放在盆里，放入海水或是盐水，让它们伸出长舌头，把腹中泥沙吐出来。花蚬吐尽泥沙后可用来煮、炒、炖、烤、清蒸、做汤，唇齿留香，余韵不绝。用清水煮了吃，原汁原味，像吃瓜子一样过瘾。炒了吃，需备上姜末和葱花，喜欢辣椒的还可以剁点朝天椒。大火热油，放姜末、葱花、朝天椒炸出香味，倒入花蚬翻炒，至花蚬慢慢张开小嘴即关火，盛入盘中。花蚬如蝴蝶停驻，配上姜丝、青红椒，鲜香无比又赏心悦目。花蚬炖蛋，嫩嫩黄黄的鸡蛋羹，中间卧着几只蝶样花蚬，上面一层绿绿的葱花，光看着就是一种享受，吃一口更是嫩滑爽口，令人陶醉。也有人直接撬开花蚬，吸吮里面的鲜汁水，说是能清心润肺。还有花蚬炒韭菜，花蚬炒青菜，花蚬炒莴笋，花蚬冬瓜汤，花蚬豆腐汤……只要放上几个花蚬，无论什么菜都能鲜美无比，比添加任何味精、鸡精都要鲜。

“蟹过无味，蚬过无鲜”，流传多年的俗语自有它的道理。

推虾皮

虾皮，也叫小白米虾，是海中最小的虾种。连云港虾皮盛产于海州湾沿岸浅海区，尤以港湾外连岛为主要产区。虾皮的甲壳薄，额角短，体形侧扁，侧面略呈三角形，长约三四厘米，浑身透明，十分美丽。

“虾皮鲜又鲜，出在阴雨天。”虾皮生长成熟快，一年能繁殖两代。夏秋季节的盛渔期，特别是阴雨天，虾皮成群结队潮涌到潮头边，随便伸手到海里捞一把，都能捞到满手的虾皮。

儿时伙伴顽皮，夏天热，想到海里洗澡，常常以推虾皮为名义。那时候海里资源丰富，小鱼小虾小蟹也多。中午母亲开始和面擀面条，早就串通好了的几个半大小子就拖网下海，一边玩一边捎带着推网。

海边的孩子耳濡目染，知道月出潮落、月中潮空、月落潮满的规律，根据潮水的流向、深度、水质和风向能判断有什么样的海产品。他们把捕捞虾皮叫做推网。推网工具的制作也比较简单。准备两根七八米长的竹竿，将粗的一头打上孔，用粗铁丝将两根竹竿固定在一起制成网杆，把网衣固定在网杆的两侧，在网杆末端用一根木棍做网撑，形成等腰三角形。在网口的梢头装上锡陀，利用人行走的惯性使锡陀向前弹起抛碰，骚扰惊动藏在水下沙层里的小鱼、小虾、小蟹，待到它们起水逃跑时，就成了网中物。

下海推网还要带个鼓形竹篮存放海货。竹篮周边装上三四个葫芦，增加竹篮在水上的浮力。将其中一个稍大的葫芦从颈部切开，上边留个七八厘米作为盖子，将里面的瓤子掏空，在口边留下凹凸槽，盖好后海水渗不进去，可用来存放干粮、水。竹篮用根绳子系上，绳子的另一端系在人腰上。竹篮漂浮在水面，随人行动而动，不费力气，遇有危险还可充当求生工具。下海推网时，一般都有两个或多个人同行，方便相互有个照应。一次潮水涨满落下，也就个把小时。遇到虾皮流，有经验的人一潮能推几十斤。

常常是母亲的面条盛出来，在树荫下的桌子上晾好了，小伙伴们也掐着时间回来了。海水漂洗过的虾皮，放到大锅里焯一下，撒点盐，捞出来，伴上蒜泥、酱油、醋，浇在面条上，不用就别的菜，就能吃个肚儿圆。多余的虾皮要铺在透气的竹席、芦席或细密的网方上晾晒。一般不能放在塑料纸上。塑料纸不透风，晒干的虾皮不鲜，没味。晒到七八分干，就能拿到街上卖了。海边人家几乎家家户户都会推虾皮，这是一项很不错的经济来源。

虾皮体小、壳薄、肉嫩，营养价值很高。特别是连云港的虾皮，成品大小均匀，头尾齐全，无糠无杂，色亮味鲜，可以用来凉拌、烧菜、蒸蛋、做汤，样样都很美味。不管是自己享用，还是进入市场，价值都很高。虾皮烹饪方法多而简便，虾皮炒鸡蛋、熬冬瓜汤、烧白菜或烧萝卜、炸丸子、做馅及汤料都很鲜美。来不及做汤熬粥，用虾皮、紫菜、香菜加上酱油、醋和香油，开水一冲，就是一碗鲜美的汤。吃馄饨，自然少不了虾皮，蒸鸡蛋羹也少不了虾皮，哪怕只有几个，味道就会大不一样。虾皮炒韭菜、虾皮拌香菜、虾皮拌青椒还有独特的食疗功效。

有人调侃，山里人或者平原人没吃过海货，不懂虾皮是怎样“炼成”的，看到密密匝匝细玉器样的虾皮，惊叹沿海人不凡的“工匠精神”：这么小的一尾虾，要敲扁、折弯、染红、点睛，工艺烦琐，耗时漫长。当你莞尔之后，认真端详一尾虾皮，你不得不惊叹它的形体美——莹白半透明的身体，弯曲如一个有力的逗号，黑亮的小眼睛，仿佛能让世界因为这双眼精神起来，继而慨叹大自然的鬼斧神工。

无论身处何地，一旦吃着新鲜的虾皮，眼前就出现家乡的海。浪不大，水也不深，人下到海里，水漫到腰眼处。或一个两个，或三五成群，或十多个一档，人们拖着竹篮，吊着葫芦，推着网，捕鱼虾……曾经是那么好看的景致。

海水味道

海水的味道不是品尝出来的，走到海边，嗅一口湿润的空气，就深谙了它的清、新、腥、鲜了。渔家四季离不开海，早春出船到长江口和东海舟山群岛捕黄花鱼，秋季到渤海取对虾和小乌子，春夏在海州湾捕杂鱼，空气也带三分鲜。海岛以空气、风、温湿度，特别是以食物，塑造出与众不同的民风民俗，铭刻在岛上人的骨子里，形成无法抹去的识别码，让游子与故乡一次次地告别，再一次次地重逢。

行走在岛上，抬头，看天空明净澄澈；低头，看海洋复杂幽深。时近正午，岸边人家的小院里，有袅袅的鲜香飘出，绊住你的脚步。探头进去，是渔民自己家开的饭店。渔家大嫂会热情地招呼你，向你介绍那一溜养在玻璃缸里的鲜活海鲜。竹节虾、虾婆、对虾、八爪鱼、沙光鱼、扇贝、香螺、梭子蟹、海葵等等。那刚捞上来的龙须菜，粗糙如一蓬乱草，腥味刺鼻。大嫂用开水一焯，青里泛着幽幽的红，切好后拌上酱油、香醋、蒜泥，鲜香扑鼻。忍不住捏一撮尝一口，脆中带着弹性，滑爽掩饰了生涩。仿佛含着一口有些清冽的海水，顺着口舌蜿蜒而下到身体的深处。虾婆看起来像螳螂，头上顶着两根倒刺。大嫂说，虾婆最好的吃法就是用清水煮一下。他们小的时候都不吃，嫌吃起来费事，还容易扎手。随网一起上来的虾婆不是扔了，就是剁一剁喂鸭子、喂鹅。现在不一样了，网眼越来越小，海里的产出越来越少，虾婆的身价也越来越高。请客吃饭的宴席上，一般都少不了一盘水煮虾婆。那虾婆，脖子上有一个“王”字形白色花纹的是母的，肉多黄也多，比公的鲜嫩。吃起来既有蟹味，又有虾味，口感极好。水煮海螺、辣炒花蚬、凉拌八爪鱼、清蒸石斑鱼等等，大嫂随口说出的每一道菜名，都是你留在她家吃一顿的理由。每一道菜你都想尝尝。她却劝你别点太多，吃不了浪费了可惜，或是跟着她家人一起吃也可以，一个半个吃不穷。小院的楼房做包间，北面的配房他们自己家吃饭用。她的丈夫出海归来，坐桌子上首，就算有客人来，那位置也固定不动。他心安理得地享受鱼头朝向的尊重，这是妻儿对他熬风搏浪的疼惜和慰藉，也是对他安全归来的庆幸和喜悦。也许是长期在海上吃不到新鲜蔬菜，也许是不舍得“海吃”海鲜，桌上的海鲜成了配菜。萝卜烧大乌，青菜炒马鲛鱼丸，蒜薹狗腿鱼，韭菜炒蚬肉，还有海蛎粉丝汤……大快朵颐中，海水在固有的味道底下，还有一种甜，在嗅觉、味蕾以及人们满足与惬意的表情上重现。此时海水的味道，是生活海平面以上的单纯的鲜美。

无疑，海水的味道也有苦涩的时候。渔民在海上战风斗浪，风险很大，甚至生命会受到威胁。他们把自己比喻成神仙、老虎、狗：顺风顺流，满载而归，喝茶聊天赛神仙；驾着舢板开网拿鱼，如下山猛虎一般；如果遇到大风大雨，没有捕到鱼，就如同夹着尾巴的落水狗。此时若论海水的味道，就是潜伏在生活海平面以下的咸涩了。

就像北方人喜欢面食，南方人爱吃大米，西北人离不开牛羊一样，海边人离不开海鲜。海水的味道，藏于生活在海水中的鱼虾、贝类以及紫菜、海草等等的体内。这此生物在海水里游，自由地吐纳，由撒网捕鱼拾海的人将隐身于它们身体里的海水的味道带上岸，给人品尝，继而寄存在一个人的身体里，继续在岸上游走。

在海边生活过的人们，能轻易地凭着那股清新与鲜咸，在人群中辨识同类。

海蛎猫耳朵

吃，是人生的重要组成部分。我们对某种食物的执念，永远指向一去不复返的过去。心里那一抹挥之不去的依恋和伤感伴随着独特的味道，成就了我们生活中一段段温馨的记忆。一如《追忆逝水年华》里，一块小小的蛋糕触动普鲁斯特的味蕾，让他开始努力找回失去的时光。对普鲁斯特来说，蛋糕是他心中永不褪色的记忆。这种类似的经历我们很多人都有过，爆米花、娃娃鱼、酸辣粉、猫耳饺……每当我们再一次闻到或尝到小时候的味道时，这种味觉记忆便立刻带我们回到童年时光。

小时候，家里姊妹多，生活困难，除了逢年过节，一年里很少有吃上猪肉的时候。但只要家里来了亲戚，面子还是要撑的。为了省去买菜的花销又不怠慢客人，母亲常常会选择包猫耳饺子，煮海蛎汤。因为靠近海边，最不缺少的就是海鲜，特别是海蛎。每到农历初一、十五前后那几天，海水退潮时，海边露出一大片滩涂和礁石。人们提着小桶、小盆，带着自制的蛎刀（将钢条或粗铁丝的一头用锤子砸平成刀状，再安上木头把手）、蛎撬（短木棍的一头镶上带尖嘴的长条铁器）、化纤袋，或成群结队，或单独行动，赶海敲海蛎、打蛎壳。

海边几乎每一块岩石上都有紧紧依附在上面的蛎壳。它们收敛着，潜藏着，尽量不引起人的注意，努力把柔嫩的身体藏进坚硬的壳里。那壳也不是光彩照人的颜色，黑乎乎，脏兮兮，疙疙瘩瘩的，乍看像一块块丑陋的小石头，但仍旧逃不脱被发现、被剥离、被吞噬的命运。剜海蛎肉时，用左手捏紧海蛎壳，右手握紧蛎刀，从壳的边缘轻轻刨扎进去，稍一用力，壳就被掀开了。一只只带着青花瓷一样色彩的不规则“小碟子”里，盛着一朵朵青云似的海蛎肉。用手轻轻一带，将海蛎柔软的肉连同汁液从壳子里挖出来，放在早已准备好的小盆、小桶里。蛎壳很锋利，稍不小心，手便会被划破，一下子鲜血直流。

打蛎壳是个费力气的活儿。躬身弯腰立在或大或小的礁石上，手握蛎撬，对准礁石上丛生的海蛎，一手抓住蛎壳，一手握紧蛎撬，找一个合适的着力点，贴近礁石表面用力地从根处往下剜。一插一撬，蛎壳就离开了依附的石块，纷纷落下。打回家的蛎壳要及时剥，不然气温高的话，过三天就要变质。一般在打回蛎壳的当晚，吃完饭，一家人围坐在一起，一边剥海蛎，一边闲谈。蛎壳中偶尔夹杂着一个半个鲜活的海星、海蟹、海螺，为枯燥的劳作增添了小小的趣味。母亲会讲一些小时候受苦挨饿的故事，讲海边曾经发生的事，也讲小白龙探母、杨三姐告状等民间故事。这种时候，是一家人沟通的最佳时机，缕缕亲情的温馨在屋里荡漾。也是在这种时候，父母在无意中教会了孩子如何面对生活，怎样做人立世。

海蛎的吃法很多，小孩子最喜欢原始的吃法：从海边打到蛎壳后，就地找些沙滩上的枯柴，架起柴火，不仅不需撬开海蛎壳，甚至连它的身子也不用洗，直接将它放到火堆中烧烤。随着火堆里“噼噼啪啪”的炸响，香味扑鼻而来。原汁原味地将海蛎吸进嘴里，能鲜掉舌头。剩下的海蛎拿回家，用少量食盐剔洗干净后，切些葱花、姜末，用瓷碗直接盛上海蛎放入清水锅里蒸，清纯自然的海蛎香味夺锅而出。那蓝色的汤水、甜美的鲜味，让你胃口大开，百吃不厌。还有海蛎豆腐、海蛎炒蛋、海蛎萝卜丝饼、海蛎粉丝、海蛎馄饨、海蛎面条等等，不一而足。最好吃的海蛎猫耳朵，只有在家里来客时才隆重登场。

猫耳朵主要包肉馅，包好后如同大猫的耳朵，足足的馅料看起来浑圆又可爱，所以又叫猫耳饺子。母亲包它的情形历历在目：倒二斤面在瓷盆里，加水揉成团，放一边醒着；将海蛎肉与葱、姜一起剁成糊状，打两个鸡蛋，加入盐、胡椒粉一起搅拌，调成适合的口味；将面团用擀面杖擀成一大块薄面皮，将面皮卷在擀面杖上，用刀在上面划上一刀，皮脱离擀面杖，先用横刀切，再用竖刀切，切成正方形的饺皮；拿起一块饺皮，用筷子夹一块馅放在中间，把饺皮从中间平行对折，捏好，再对折，将第一次折出来的边两角对捏搭在一起，就成了一个小猫耳朵的形状，斜边曲成耳孔。我们姐妹都跟着母亲学会了包猫耳饺子，一边包一边比赛看谁包得更好看，更像猫耳朵。说恼了，你拍我一下，我戳你一指，脸上、头发上常留下白色的印记。一家老小热热闹闹，七手八脚，十分钟不用，就能包好一簸箕。还没下锅，口水就要流出来了。快要包完的时候，烧汤加水，水开后放入包好的猫耳饺子，加青菜，加海蛎。煮开后，加两次冷水“激”一下，就可以出锅了。连吃带喝，鲜香可口，无论本地的还是外乡的客人都喜欢。也因此，我们总盼着家里来客。

如今，生活慢慢好起来了，平时吃的东西也多了，饺子有多种风味样式，花样品种多不胜数。家里来了客人常常是往饭店一领，荤饺子、素饺子、三鲜饺子、马鲛鱼饺子、刀马头饺子、月牙饺子、猫耳饺子、小馄饨，想吃什么点什么，但我还是最喜欢母亲包的海蛎猫耳饺子。

也许人是有味觉记忆的。这些“小时候的味道”即便五年、十年没机会再吃，也总是会挂念着，一吃就能想起过往。这种味觉记忆，更是心灵的记忆，缠绕着思乡的点滴情怀，成为人们最原始的乡愁。

虾皮点青浆

青浆，是我们苏北农村一种普通的饭食。浆是用自留地里收的花生磨的。家常的青菜、萝卜的清淡和花生的浓香拥抱在一起，再加上一把虾皮，就能激发出无穷的美好，酿造出不普通的记忆和味道，时不时勾起舌尖上的一抹乡愁。

老家有种花生的传统。家家房前屋后的小园地里，乡亲们总爱种些花生、玉米、西红柿、黄瓜。父亲也一样，在离家不远的后山坡上，有两块长条状的自留地。自留地是包产到户之前生产队按集体耕地面积比例分配给社员，照顾社员种点蔬菜瓜果的土地。我们家的五分地，一直保留至今，被父亲侍弄得风生水起：青菜、豆角、番瓜、茄子、山芋、花生，地边还有几棵桃树、杏树、苹果树。一辈子热爱土地的父亲“见缝插针”，空闲时间都用在了地上。人勤地不懒，一年四季，我们的新鲜蔬菜源源不断。我们享受着一份绿色，也享受着一份父爱，感受着父亲传递给我们的一份对生活的笃定和热爱。众多的蔬菜瓜果中，最让我们牵肠挂肚的要数花生了。

每年谷雨前后，父亲开始整地、起垄，把头年留下的种子浸水，拌上“六六粉”。父亲抡起镬头刨坑，我和弟弟端着瓢点种。拳头大小的坑，一拃长一个，等距离排列。坡上沙质土墒情差，坑要挖两寸深。一个坑丢两三粒种子，然后盖土，耙平。弯腰撅腚地点种，让生性顽皮好动的弟弟颇不耐烦。为了早点完成任务去和小伙伴玩，弟弟乘父亲不备，把小半瓢的花生米倒在了地头的一个坑里。出苗的时候，挤挤挨挨的一大簇青苗让他屁股没少挨巴掌。

花生是地上开花地下结果的。一个多月后，花生地里就开满了黄色的小花。花枯萎后，花管内就会长出一根紫色的果针。果针先向上长，几天后再向下伸入土中，慢慢长出一颗接一颗白白胖胖的果子。“麻房子，红帐子，里面住着白胖子”，念起关于花生的谜语童谣，馋虫顺带钩了出来。不等花生果长到七八分熟，我们就偷偷拔一两棵出来，也不敢拿回家，抖落掉沙土，就地解馋。嫩花生散发的清香，回家一张嘴说话，就把我们给出卖了。好在母亲也不戳穿，只是说：“花生没长成，小胖果吃了可惜。等秋天收了花生就可以吃青浆了。”我们就生出些羞愧，开始耐心地等待。八月里，终于可以刨花生了。父亲挑起架筐，我们扛着镬头挎着篮子跑在前面。父亲在前面刨，我们姐弟跟在后面拾。先拎起秧子，上下抖抖土，土松软又干燥，一抖就“沙沙沙”地落了。土一落，一堆挤在一起的“小胖子”就露了出来。沾泥的根须很嫩，花生果一捋一大把，一嘟噜一嘟噜地往篮子里摘。一边摘，一边偷尝，一次塞好几粒到嘴里，嚼得满口留香。常常篮子满了，小肚子也饱了。在那个食物匮乏的年代，我们偷嘴，父亲是睁一只眼闭一只眼的。

摘下来的花生筛净了土，晒几天大太阳，花生初生时从泥土里带出来的水汽就被晒干了，“麻屋子”就成了“老房子”。抓一颗在手里摇摇晃晃，“咔咔咔”的撞击声，像是一曲来自土地深处的歌谣，歌谣里满是我们对青浆的向往。

那时候，家家穷，来了亲戚，没什么拿得出手的硬菜，母亲也会用青浆招待客人，顺带给我们打打牙祭。青浆一年四季都可以做，但以夏秋两季点上虾皮、加上时令菜蔬味道最好。一做一大锅，左邻右舍的送上一碗，虽不是什么稀罕物，却也代表了浓浓的邻里之情。

青浆的食材普通，做法简单。一向做家务偷懒耍滑的我们，用石磨“拐”花生浆却争先恐后，把童年的日子“拐”得清香四溢。母亲把花生并上少许黄豆浸泡在水里时，我们便摩拳擦掌。大姐用水把石磨冲洗干净，在磨嘴下放好盆，不等石磨晾干，就把着磨棍空旋两圈，像是运动员上场前的热身。二姐一手把泡花生的盆抵肚子上端着，一手用勺子对准磨眼往里舀花生。大姐则一边转磨棍，一边用高粱秸扎成的刷把把清浆往磨口撮，配合默契。我在边上兴奋地跑前跑后，一边跑一边拍手唱：“拐磨拐，拿豆彩。请干妈，没蹲家，一拐一拐个小秃丫。小秃丫，没落座，坐锅台，掉锅底，一烧烧个小秃尾。”兴头上不小心碰到了瞄准磨眼下花生的二姐，花生下歪了，我的头就会不轻不重地挨她敲一勺：“来，来，拐你个小秃丫！”打打闹闹中，洁白的花生浆顺着磨槽流到磨嘴下的盆里。最后，我们还不忘用一点水涮涮磨，端给母亲备用。母亲把葱花倒进油锅炸香，放萝卜、青菜、豆芽、白菜，或是春季的枸杞叶、荠菜，秋季的地瓜叶、曲曲菜，一起翻炒，然后加水、加花生糊搅拌，再抓一大把虾皮“点”进去，开锅后撒上盐就可以开吃了。花生、虾皮、萝卜、青菜等等，混为一锅，相互碰撞，相互烘托，又将各自的滋味发挥到极致，重塑一种全新的滋味，让人欲罢不能。青浆可咸可淡，可稠可稀。咸时稠时是菜，淡时稀时当饭当汤。常常把我们的小肚皮吃得圆滚滚，像个小西瓜。

近年来，随着人们生活水平的提高，饮食观念由吃饱向吃好转变，日常饮食由荤腥肥腻向粗茶淡饭转变。青浆作为既营养又健康的特色饭食，也从普通人家的餐桌一步步登上宾馆饭店的大雅之堂，让很多外地人“相见恨晚”，吃完了还惦记回头再来。那实实在在的口感，没有任何花哨的点缀，却能生出完美的味觉感受。

婚后离家，时常想念母亲做的虾皮点青浆。有一次电话里跟母亲无意说起，第二天早上打开门，母亲已坐在我家门前的台阶上，怀里抱着一个棉套。不知母亲是什么时候起的床，走了多少路，坐的什么车，一大早就到了我的门前。母亲从棉套里掏出一个保温壶，里面是我最爱吃的虾皮点青浆。

记忆逆流，虾皮点青浆的鲜香在舌尖泛起。一碗青浆，看似一堆平淡无奇的杂粮菜蔬，却能触及内心最柔软的情感。如同传授母语，母亲把味觉植根在我们的记忆中，这不自觉的本能像种子一样生根发芽，即使走到天涯海角，那味道也能在唇齿间缠绕。那是一抹挥之不去的乡愁，指引游子回家的方向。

小鱼塌锅贴

海边人家的饭桌上，总是离不开鱼。即便吃些萝卜青菜类的蔬菜，也是马鲛鱼、大乌烧萝卜，八带鱼、狗腿鱼烧蒜薹，虾干、鱼干焖白菜、冬瓜，仔乌烧青菜粉皮，蚬肉炒韭菜，青椒炒螺片，不管怎么吃，还是鱼朝前。即便吃面饼，也要小鱼锅贴。

渔船出海归来，接海的人要在码头对打回来的鱼虾贝类进行捡拾分类。“鱼找鱼，虾找虾，泥螺找麻螺，乌龟找王八”，然后，大小还要分类，这样不管是卖给小贩，还是自家留下，都好算账。剩下的太小的马鲛秧子、带鱼苗子、小黄鲫鱼和小鲋鱼、小蟹小虾拿回家，一锅杂烧，四周贴上锅贴，省时又省事，解馋又压饿。下锅之前，鱼要用盐腌一下，这样烧出来鱼肉不碎，并且还要汆汤。热锅热油，放入葱姜蒜爆香，加酱油、醋，加水，烧开后，把杂鱼倒进去。同时，把和好的玉米面糊或小麦面糊一点一点地抹在铁锅的中部，烙成一层薄饼，也叫“死糊塌”，意即不用发面，贴在锅边往下坠塌的面饼。饼底平水或入水半寸，火烧水沸、汤汁四溅后，再用小火慢慢炖，待汤汁浓稠，饼有香味溢出时，就可出锅了。熟后饼底边有一部分沾有鱼汤。揭开锅盖，饼上沾着杂鱼的鲜味，鱼上带着面饼的清香，鲜香扑面而来。吃的时候，用饼蘸着鱼汤，不知不觉，就撑圆了肚皮。

听老人讲，小鱼锅贴可是明朝开国皇帝朱元璋的最爱。相传幼年时期的朱元璋，在灾荒年月逃难到淮水边，在与逮鱼的、放牛的、砍草的、讨饭的穷孩子聚到一起时，就将各人所获的东西凑在一起，支锅熬自己逮的鱼虾，锅边贴讨来的玉米杂面饼，用这种快而省事的办法做饭填肚子。大家围坐一起，把煎好的饼撕下分，你一块，我一块，蘸着鱼汤吃，其乐融融。虽然做法简单原始，但吃起来却也脆香鲜嫩。朱元璋做皇帝后，吃腻了宫廷的宴席，特地叫人把渔妇请进宫里，专为他做这种小鱼锅贴。朱元璋逝世后，小鱼锅贴的做法在宫内逐渐失传，而在民间则一直流传下来。小鱼锅贴后逐渐成为海边渔民、沿湖农民的家常饭菜。

海边人把小鱼锅贴的做法一直延续至今。小鱼，鱼小、鱼鲜；锅贴，饼脆、味香；鱼汤，鲜美、爽口。鱼香肉嫩，汤鲜饼脆，足以让品尝的人赞不绝口。所有这些，只不过是渔家的普通饭食，不但省时省事，还兼顾了“饭菜一锅熟”。只要渔家有近亲好友到家，往往在早晚饭时用这道菜待客。

如今，原本普通的渔家家常菜，也上到了大酒楼的高档宴席，而且做了一些改进，味道比以前的小鱼锅贴更加丰满。

海鲜街上还有专门做小鱼锅贴的店。有小黄鱼的，有马鲛鱼、带鱼的，还有杂鱼的。一盘锅贴上桌，中间是红烧的鱼，四周是薄薄的、黄澄澄的饼，看似貌不惊人，吃起来就知道特别了。先说那饼的外表吧，可不是普通的贴饼，仔细一看，面上黏着些芝麻，这些芝麻都是在锅里用油反复翻炒后点缀上去的，吃起来更加香脆；再说这饼的内里，可不是没有味道的，有的里面是鸡蛋葱花，有的里面是玉米粒，总之应有尽有。再说那小鱼汤，看起来汤里似乎没有什么东西，其实里面藏着许多的鱼子，汤的味道经过鱼子的修饰，更加鲜美；汤里还有辣椒籽，吃的时候虽麻辣却非常爽口，最贴合海边人的口味。那特殊的鲜香味，让人迫不及待夹上一块锅贴，蘸上香浓、麻辣的鱼汤，再夹上一小块鱼子，放在嘴边，一种香醇沁人心脾。

近来，小鱼锅贴又出新招。不再“一锅熟”，而是将小鱼和锅贴分开做。锅贴也不是贴在锅上，而是在锅边摊成薄饼。讲究的再在面里放上芝麻、萝卜丝，或改用高粱面等做成不同口味的锅贴。有的吃前将鱼汤涂在锅贴上，也有的吃时用锅贴蘸鱼汤，既有原韵，又添新味。

小鱼锅贴让人留恋，不仅仅因为它有鲜美的味道，还因为它朴实包容，是渔家聪慧、勤劳、热情好客的象征。

马鲛鱼丸香满庄

“清蒸鲳，沙光汤，马鲛鱼丸香满庄。”想起这句渔谚，过年、中秋、家里办宴席时打马鲛鱼丸的情形便会重现，舌尖上便会泛起马鲛鱼丸的鲜香。

马鲛鱼是深海野生鱼，体形狭长，颜色蓝黑，两侧有角刺，侧面有圆斑点，牙齿像锯齿一样锋利，专吃小鱼小虾之类的水生动物，不吃微生物和草。在连云港外海、山东南部沿海都有分布，是海州湾渔场八大经济鱼类之一。

每年清明前后，是马鲛鱼的汛期，也是它们产卵的时节。这时候的马鲛鱼膘肥体壮，肉嫩味美，民间有“山上鹧鸪獐，海里马鲛鲳”之说。特别是尾巴，软糯鲜爽，素有“鲳鱼嘴，马鲛尾”的赞誉。“刀鱼头，鲤鱼鳃，马鲛骨头香满街。”马鲛鱼的骨头也是爱喝两口的渔民的下酒菜。马鲛鱼的骨头营养丰富，富含蛋白质、脂肪、氨基酸和多种维生素以及钙、铁、钠等微量元素，能补气平神防衰老。

马鲛鱼的吃法多种多样，既可趁鲜吃，也可腌制后吃。鲜吃时除了清蒸、油炸、炒鱼片，还可以用鱼肉煲粥或将其用油煎好后煮汤，色清味美，甜滑可口。若是刮肉做丸，更是海鲜一绝，四季皆宜，老少皆宜，中外皆宜。

一般人家的吃法就是红烧。但红烧后的马鲛鱼肉有点硬，有点干，有点腥，不如做成鱼丸来得爽滑鲜嫩。马鲛鱼个头大，肉质嫩，刺少肉多，易于加工。

做鱼丸的鱼越大越好。一般一条鱼有两三斤重，两三尺长，有的大马鲛甚至有一米多长。母亲会把鱼洗干净，沥干水，用刀背拍拍，沿着鱼背划一刀，把鱼身剖成两半，去鱼头，剔掉鱼主骨，剔去红色的肉和鱼腩肉；按住一端，用调羹刮起鱼肉，最后留下鱼皮；加盐、胡椒粉、葱姜汁、鸡蛋清，用手使劲勒揉摔打，一边按顺时针方向搅拌，一边根据手感往馅料中滴水，直至馅呈胶质状，放进筷子立得住，摔在盆中啪啪作响，就可以用汤匙掠或直接用手挤丸子了。

丸子又分水丸子和油炸丸子。水丸子是直接把丸子汆到开水中。下丸子的时候火要关小，不然，后面的丸子没汆完，先下锅的就老了。全部下完后，要开大火，用勺背在锅里轻轻推移。烧开后，撇去锅边浮沫，把丸子捞出来放到冷水里浸一下，保证味道的鲜嫩。油炸丸子是把油锅烧热，用手往里挤丸子或是用汤匙掠丸子。将丸子炸至金黄，外焦里嫩，味道更鲜香。油炸丸子存放时间更长一些。

水丸子一般用来烧汤，油炸丸子一般用来烩菜。不需任何调料，只要有盐调味就可以了。不管是炒青菜，烧白菜，还是炖豆腐，烩冬瓜，都鲜香可口。如果是来了客人，或是逢年过节，马鲛鱼丸的吃法要讲究一点。黑木耳冷水泡发后，洗净，撕成小块；黄瓜、胡萝卜切片，香葱切段，生姜切丝，热锅热油，放葱段、姜丝爆香，倒入胡萝卜片翻炒片刻，倒入黑木耳翻炒片刻，倒入鱼丸，加入料酒、生抽、盐、白糖适量，翻炒一分钟，最后倒入黄瓜片，倒入水淀粉勾薄芡炒匀，出锅前点上香油。盛到盘子里，红绿黄黑白，五颜六色，别说是吃，看一眼都能垂涎三尺。

马鲛鱼的骨架和皮，母亲是不会浪费的。红烧后，也是一盘好菜，"嗞嗞咂咂"中别有一番滋味。或是熬制高汤。鱼头、鱼尾和骨架，用油略煎一下，倒入开水，大火煮开，再调小火慢煲半小时，撇去浮沫，就成了奶白色的鱼高汤。或是和雪里蕻一起烧，鲜美异常。马鲛鱼馅也可以包饺子，马鲛鱼片还可做熏鱼。渔民更多的是用盐腌制，将马鲛鱼晾晒成鱼干后，又是一道下饭佳肴。

小时候，一家炸鱼丸，满庄闻到香。那香味冲出窗外，飘向村庄，飘向岁月深处，积淀成日后的回味和怀想。

蟹渣酱

“大棒糊冻绿豆打，老咸菜就蟹渣”，是在我们家乡连云港流传久远的俗语。蟹渣酱，是海边人家必备的小菜，为平常缺油少肉的饭桌平添了几分鲜香。

前不久，家住连岛的四姐捎来一瓶蟹渣酱。我迫不及待地拧开盖，那香味就迫不及待地扑鼻而来。那是一种咸香，一种从大海深处漫溢出来的鲜香，引诱着人的味蕾。搛一点出来，拌上姜丝、蒜末、香醋，用筷子蘸了一尝，齿颊生津，跟小时候的味道一模一样。

小时候，几乎家家都会熬蟹渣。每年中秋前后，是熬蟹渣的最好时候。这时候是螃蟹生长最成熟的时期。螃蟹的个头大，蟹肉肥厚鲜美，蟹钳粗，白花花的蟹肉里有天然的咸鲜味，加上红艳艳、黄澄澄的蟹黄，想一想，就馋涎欲滴。

如清代李渔所言："蟹之鲜而肥，甘而腻，白似玉而黄似金，已造色香味三者之至极，更无一物可以上之。"碰上正在褪壳的软壳蟹，壳还是双层的，一软一硬。这时的螃蟹戳碎捣烂之后，熬出的渣不会渗一点汤水，黏黏稠稠的。

熬蟹渣之前，要把新鲜的螃蟹剥去尖壳，将蟹黄剔出来放在碗中，再剪去蟹爪顶部，除掉食囊、鳃、脐。将剩余部分洗干净，沥干水分后，剪成小块，放在盆或大锅里，按1∶10的比例放盐。用擀面杖捣碎后，肥嫩的蟹肉就变成黏黏稠稠的肉糜，和着细碎蟹壳，还有壳内肉汁、蟹黄。最后加入少量白糖、酒曲、蒜、姜末，盛入瓶瓶罐罐或坛子里，将口密封，两周后，便成了风味鲜美的蟹渣酱。

最好的蟹渣酱，是出海渔船在海上直接用梭子蟹腌制的。刚捕捞上来的梭子蟹只只鲜活，把它们整个压入瓷坛瓦罐，压一批蟹撒一层盐，再加适量的白糖和白酒，封口腌制。因为没接触过淡水，也没有蚊蝇叮咬，吃起来原汁原味。由于只只是整个儿的，那蟹壳里红红的膏黄，螯钳里白白的嫩肉，咂一咂，其味无穷。吸溜进嘴里，肉嘟嘟滑腻腻的，入口难忘。

除了梭子蟹，其他螃蟹也可以熬蟹渣。靠山红、石渣蟹、黄海蟹、花脐蟹甚至虾婆婆都能熬，味道固然也不错，只是口感没有梭子蟹的蟹渣醇正。

蟹渣酱原是贫穷渔家的下饭小菜，是上不了大台面的，但走亲访友时捎上一瓶，虽不值多少钱，却每每比贵重礼品还受欢迎。或许是因其既有蟹的风味，又无吃蟹时剥蟹的烦琐。

蟹渣酱一般生吃较多。舀上一小碟子，掺上姜、蒜末儿，拌上葱段，拿煎饼卷上，便能连吃下两三张煎饼却还吃不够似的，其香其鲜是任何佳肴都比不上的。熟吃的品种也不少。弄一碗蟹渣酱，放上油和葱、姜、蒜蒸着吃，既去掉了生蟹的腥味，又保留了鲜味。蟹渣酱炖蛋也是个不错的选择。蟹渣酱、鸡蛋、葱花、油、盐搅匀，上笼蒸七八分钟即可。还有蟹渣酱烧番瓜、烧茄子、烧扁豆角，都能提鲜。要说蟹渣酱的最佳拍档，还数豆腐。豆腐切成小块，焯水，沥干，油锅烧热，放葱姜蒜末炸香，再放入咸蛋黄、蟹渣酱、料酒，倒入豆腐块，加高汤同煮，烧开即可。

随着海蟹产量的逐年减少，小杂蟹的价格也逐年升高。渔民不舍得把贵重的螃蟹做成蟹渣酱，偶尔做上一些，也都是自家食用，很少能在市场上见到。蟹渣酱已成为海边特色菜肴，是用来招待客人的私房菜。

蟹渣酱，仿佛将鲜活的一片海纳入了瓷瓶瓦罐中，含着熬蟹人别样的情愫，还有浓浓的情意，让人不由自主地沉浸在对过往生活的回忆中。

糟泥螺

住在海边的人喜欢用由海鲜制成的小菜下酒，比如糟泥螺、烤鱼干之类，就像内陆的油炸花生米，既可以绵延酒的香气，又可以信手拈来，“滋滋咂咂”地打发一段闲暇的时光。

泥螺，外壳呈卵圆形，透明，又薄又脆。头盘大而肥厚，软体部分不能完全缩入壳内。边缘部分为淡黄色，其余部分呈灰褐色。泥螺体长一寸有余，呈拖鞋状。大概是因其生活在泥沙里，所以被人们称为泥螺。泥螺爬行时，会在淤泥上留下一道道浅浅的痕迹，同时使泥沙和自身分泌的黏液混合，将自己的身体覆盖，既能掩饰自己，防御敌人，也减少了水分的蒸发。低头仔细地看，那黄黄的泥沙里种子发芽般鼓起几道裂缝，用手轻轻一抠，就有一个肥肥的泥螺夹在手里了。

如海边歇后语所言“煨罐里掏泥螺——稳拿”一般轻而易举。泥螺一旦出水就浑身布满稠液，亮晶晶的，像鼻涕虫一样。不知这稠液是为保护自己而分泌出的，还是因海水一次次打磨而产生的润滑剂。圆融是它的生存法则，也是它的处世哲学。圆融里多的是包容、退让，就如这海对人一样。

每到农历八月，潮水一退，海州湾沿海的泥螺像是集体收到号令的士兵，一个个整齐地浮上来，滩上密密麻麻。涨潮时，又把自己快速地埋进泥沙里。内行的拾螺人会看潮水，涨潮又刮西南风时，风平浪静，海水中的泥沙容易沉淀，泥螺一般不含沙子；如果逢落潮又刮东风或东南风，风起浪涌，海水浑浊，泥螺内不可避免会有沙子。他们总是很有耐心，一直等潮水退尽，才开始手拎水桶，腰系蛇皮袋，手拿长柄、网兜下去拾。网兜贴着地面挪动，不一会儿，便是满满一兜。

拾回的泥螺要抓紧“糟”起来。糟泥螺要选体大壳薄、体内无沙、未破壳的活泥螺。然后把它们倒入桶中或盆里，用淡盐水“度”个把小时，把泥沙“度”出来，再淘洗干净。当泥螺伸出舌头时，慢慢撒上盐，让它在不知不觉中麻木，缩不回舌头，方便吃的时候下嘴。撒盐要掌握用盐量，一般按十斤螺撒一斤盐的比例。盐少了，泥螺容易变质发臭；盐多了，又容易腌“板”了，没法吃。腌成的泥螺盛入腌菜坛中，加入酒、白糖、蒜、姜、辣椒拌匀，把坛口封死，随吃随取。

海边人吃海鲜，讲究的是一个“鲜”字。生吃泥螺有两个好的时节，清明桃李缤纷时节的“桃花螺”，金秋桂花飘香时节的“桂花螺”，二者都香甜脆嫩，咸中藏鲜，风味独特。

泥螺也可以熟吃。将淘洗干净的泥螺倒入沸水中氽一下，捞出来拌以葱、姜、胡椒、香醋、酱油之类佐料，随便怎么吃，都是一道美味。

吃泥螺有一定的技巧。泥螺个头小，又浸在汁水里，有些黏滑，需靠嘴和舌头的配合来将肉和壳剥离。不会吃的，连壳带肉一起嚼碎，再一起吐出来，结果什么也没吃到；会吃的，拈一个送至两唇间，大头朝里，用牙齿稳住，舌尖一抵，用力一嘬，肉出壳掉。吃在嘴里韧劲十足，嚼的时候“吱吱”脆响，鲜嫩无比。再不时地抿上一小口酒，海边人的日子有滋有味。

秋风起，满滩的泥螺蠢蠢欲动。你的心有没有蠢蠢欲动？

红了樱桃

红了樱桃

在我的家乡云台山麓，樱桃是常见的。初春时节，大多草木还一片萧索之时，崖上坡地、房前屋后的樱桃树就在料峭春寒中催生出枝枝杈杈间点点嫩绿的花苞，绽开满树白中泛着粉的小花。一朵一朵白的小花在风中摇动着芳香，唤醒了还在沉睡的粉红的桃花、青白的梨花，那些野花野草的芽儿、叶儿也开始这里一簇鹅黄，那里一簇嫩绿，影影绰绰地铺展，把家乡的山水田园涂抹得如同一幅水彩画。

麦梢刚刚泛黄，樱桃就起了红晕，“樱桃小满昼夜红”。樱桃的生长期不长，3 月底开花，4 月初谢花坐果。绿豆大的青果攒足了劲向成熟奔跑。一眨眼工夫，个头大了，颜色深了，向阳的一面红了。那点红，像墨汁滴到宣纸上一样迅速洇散，每一丝血管一样的果肉纤维里，每一滴鲜乳一样由涩转甜的汁液里，红色的浪潮涌动，直到占领整个疆域。“嚼破红香堪换骨，摘残丹颗欲烧枝。”红透了的樱桃，一嘟噜一嘟噜在绿叶间羞羞答答，“犹抱琵琶半遮面”。一个个珠圆玉润，晶莹剔透，娇俏玲珑。如珊瑚，似红豆，像玛瑙，酝酿着行将喷薄而出的青春和活力。那吹弹可破的娇嫩会让你想起“点点珠樱西施口，朵朵花蕊笑嫦娥”“樱桃樊素口，杨柳小蛮腰”里美人红润性感的嘴唇，“倒流映碧丛，点露擎朱实”“朱颜含远日，翠色影长津”里绿裙红装相映成趣的身影，“流莺偷啄心应醉，行客潜窥眼亦痴”里的赏心悦目和“樱桃落尽春归去”“流光容易把人抛，红了樱桃，绿了芭蕉”里年华易逝、人生易老、物是人非的感伤。鸟雀们没有那么多复杂的心思，“啾啾啾啾”最是开心。它们眼尖嘴快，总是能准确无误地找到最红最甜的果子下口。还不忘呼朋唤友，在枝叶间穿梭，这棵树的果子啄几下，又到那株树的果子上啄几下，忙个不停。孩子们也坐不住了，一个个跑到树下逡巡。偷眼看看前后左右没人，便往樱桃树下猫过去。假装近视眼一样，靠近再靠近被果子压弯了的枝条，也不抬手，嘴巴一张，叼一颗、两颗、三颗进嘴里，甜得眉开眼笑。以为神不知鬼不觉，放心大胆啐出核的时候，冷不丁听到一声断喝：“死小鬏（小孩）子，想吃就吃，你吃书本费呢！”吓得兔子一样蹿多远。

云台山樱桃久负盛名，尤以东磊樱桃谷为最。在这块天然形成的宝地上，樱桃树享受着南云台山阳坡充足的光照，扎根于肥沃的松壤土中。不催熟、不打药，喝着山泉水自然生长的樱桃成熟早，个头大，色泽艳，果肉嫩，果实饱满，硒含量高。相传，东磊樱桃最早为仙真所植。早在延福观建设之前，道教仙真张三丰和紫丹道长在围屏山石洞中修炼，修炼之余，他们在附近的山坡涧沟种下许多白玉兰、银杏、金镶玉竹和樱桃树。不几年，樱桃成林，形成了樱桃沟、樱桃谷。在明代顾乾的《云台山三十六景》中，“东磊朱樱”已是著名一景。书中对此的描述虽只有寥寥数语，但简明凝练，意境生动活泼，描写静景，却能给人以动态的感官体验，流淌着诗情画意：“四月间火珠万点，错落山林。游人竞观，就树饱啖。”行走在樱桃林中，就着樱桃树吃樱桃是既朴实又奢华的享受，只有身临其境才能体会那种愉悦。樱桃垂挂在碧绿的树叶丛中，星星点点，散发着朱红色的光彩。你想把它作为艺术品欣赏，有点不忍心下嘴；可一旦动了嘴，就停不下。一颗入口，满嘴爆汁，从舌尖甜进心底。

清末诗人张学瀚的一首《朱樱》，把樱桃成熟季节坡地涧边绿叶婆娑，朱樱闪烁似紫雾红霞缭绕山坡的美景，和儿童兴高采烈携筐采摘樱桃的快乐描写得生动活泼：“殷红颗颗共霞飞，东磊樱桃熟更肥。崖下儿童拍手笑，提筐采得大珠归。”树丛间，孩子们携筐采果，坡前沟底，笑语盈盈，童声朗朗；山旁溪岸，谜语互答，婉转清脆。这时候，如果有人正好来到樱桃树下，孩子们会一边乐滋滋、忙颠颠地帮他扯下一根长满一嘟噜一嘟噜红红樱桃的枝条，让他吃个够，一边还喊着：“来，这枝上的樱桃更红！”让客人也跟着手忙脚乱，这尝尝，那瞧瞧，扯着那缀满果实的樱桃枝，摘一个往嘴里填一个，吞一个再往嘴里扔一个，幸福地眯起眼睛，慢慢地品味那一刻上天赐的享受。一直吃到打出冒泡的饱嗝，或是直接醉倒樱桃树下。

岁月流转，世事变幻，樱桃的滋味也在不断变化。樱桃不仅能满足人挑剔的味蕾，还能让我们变美。樱桃的含铁量是所有水果中最高的，其维生素、胡萝卜素的含量也是其他水果不能比的，无论外观、口感还是营养价值，在水果中都堪称顶级。对贫血和注重养颜的女性、长身体的儿童以及需要营养的老人，吃樱桃更是好处多多。也许大棚樱桃和露天樱桃营养价值差别不大，但以含糖量和果味度来衡量，由于大棚内光照强度不够，紫外线也较弱，大棚樱桃远不及露天樱桃美味。如今的樱桃谷景区栽种了上万亩樱桃，摘樱桃成了当地景区的一个特色旅游项目。配套以自然郊野风光，邀人游赏山岭、溪涧、水库、村庄和果园，在展示大自然朴素、生动美景的同时，也给当地人带来了不菲的收入。

家乡的樱桃树，沉默如我的父老乡亲。于春末夏初率先结出艳丽鲜甜的果实，饲喂乡村，然后，安静地反刍风霜雨雪的生活，然后，继续孕育岁月的深情。

飞杏花

在云山，杏树将自己有序无序地散落在山地、台地、平地叠加的地貌上。山上，坡下，路边，沟畔，人家房前屋后，到处都有杏树的身影。花开时节，一朵牵着一朵，一枝连着一枝，抱团连串，花云花雨，香风弥漫。阳光下泻，清光流转其间，缥缈似云雾，灿烂若云霞。微风一吹，那云霞在半空中浮动，像是要飞起来。飞不起来也不打紧，随便搁在崖上、水畔，或是映在人家墙上的树影之间，一样撩人。如果你恰好此时走进平山往东的老君堂、李庄、白果树、黄崖几个村庄，你就走进了“云山十里杏花村”的图画里，古雅、宁静，透着早春微微的凉意。

瓦蓝瓦蓝的天空，大朵大朵的白云，连绵青黛的后云台山，平坦碧绿的沃壤田野，幽深的山林，林间唱歌的翠鸟、黄鹂、花喜鹊，灌木丛中藏身的野鸡、野兔、狐狸，两岸长满楸树、柿子树的大沙涧，水面如镜子一样明亮的水库、池塘，还有茶地、果园，还有跟唐王东征故事有关的驾马沟、苏文顶、烧香河，等等，以独有的特质、诗性和灵气，引领你步入“一去二三里，烟村四五家。亭台六七座，八九十枝花”的古诗意境。

清明前后，漫山遍野的杏树，遒劲的枝干就绽出了密集的花苞。那红萼粉瓣的杏花，像穿着掐腰裙子的乡村女孩，质朴、清纯、贞静、美好，如水的眸子里闪着无邪的光。“道白非真白，言红不若红。”杏花含蕾未放之时，枝杈间点点胭脂红，饱含待放的张力。花瓣刚一绽开，那胭脂红就变浅而成淡粉，淡粉薄红轻掩敛羞，“似嫌风日紧，护此胭脂点”，花瓣在风中含蕊保护着胭脂色。但避不开的是那一场纷纷细雨，雨滴滑落花心，抱蕊花瓣渐渐舒展，暗香袅袅，花气袭人。待到雨过天晴，丽日当空，花色盈盈，如覆霜雪。香气由暗转明，花瓣绚烂之至。

花草树木和人一样，只有到了乡村才能真正体现出生命原初的状态，不加粉饰。那些关于杏花的诗词典故的种子一定是在乡村播下的。北周庾信有“春色方盈野，枝枝绽翠英。依稀映村坞，烂漫开山城。好折待宾客，金盘衬红琼”，形容杏花疏密有致，颜色如玉一般莹润而被染红。也因此，“红琼”被后世文人用到形容美女的肤色上。“云随碧玉歌声转，雪绕红琼舞袖回”“美酒一杯花影腻。邀客醉。红琼共作熏熏媚”，这“红琼”的比喻，大概也是杏花蒙冤“风流”的起源了。到了晚唐诗人薛能笔下，“活色生香第一流，手中移得近青楼。谁知艳性终相负，乱向春风笑不休”的杏花更被喻为赤裸裸的借春机卖笑之人。

大凡花草树木，各有不同的生长习性和寓意。“前不栽桑，后不栽柳”“东桃西榆南梅北杏”在民间流传已久，还有一些“桃饱杏伤人，李子树下抬死人”的谚语。最有象征意义的还数“杏林”“杏坛”两个词。《庄子·杂篇·渔父》载：“孔子游乎缁帏之林，休坐乎杏坛之上，弟子读书，孔子弦歌鼓琴。奏曲未半，有渔父者，下船而来……”杏坛设教的典故，不仅提升了杏在传统文化中的地位，其文化寓意也随之丰盈：挺拔的树干象征弟子正直的品格，密集的果实象征弟子之多，既可食用又可药用的杏子和杏仁，象征弟子造福于社稷民生。遥想当年孔夫子讲学的杏坛，杏树环绕，花香阵阵，书声琅琅。孔子在花影香雪中抚琴而歌，书香琴韵，有平仄有韵脚地在树影下飞扬。“杏坛”逐渐成为教育圣地。而汉末名医董奉行医不收费，只要求被治好的病人在其家园栽植杏树，谱写“杏林春暖”的佳话，则让“杏林”成为传统医学的象征。

相传，云山家家户户种杏树的传统，也与一位姓张的医生有关。庄上张姓先人研习药理，治病救人，医术精湛。不知是不是受董奉故事的影响，张医生每每看好病人，也不收诊费，只要求他们在其房前屋后种上几棵杏树。附近几个村的人也沿用这种方法表达对他人的感恩之心，久而久之，云山杏树蔚然成林。每当春尽花残，花蒂上结出豆粒大的小青果，在圆圆的嫩叶里捉迷藏。那小果子一天圆一圈，像是初生的孩子，一天一个样。颜色也由青渐变为黄，先是黄一小圈肚脐线，接着一层层过渡为亮黄。五月，麦子黄梢的时候，黄澄澄的杏子缀满枝头，像是一颗颗感恩乡土的心，照亮的不只是孩子的目光，还有大人们的日子。

我们这些孩子总是等不及杏子成熟，从小青果结出开始，天天仰着头看，恨不得它一夜之间变黄。瞄个大人不在家的机会，就会爬树够几个尝尝。尽管知道它没熟，尽管知道它酸涩，就是看不住肚子里的馋虫，一直尝到杏子熟透。

云山的麦黄杏熟得早，个大、肉多、色黄。还有荷包杏、杏梅，更是肥厚多汁，酸甜适度。想一想，便口舌生津。乡亲们或提篮零卖，或往市场批发，或在网上营销，赚取平常日子里一笔不小的收入，杏树成了乡亲们的摇钱树。孩子们还可以捡杏核卖钱，贴补点书本费。

杏花，没有玫瑰浪漫，没有荷花曼妙，没有牡丹雍容，没有梅花清高，朴实地生长在土地与瓦舍之间。一打眼有些凡俗，细端详又别有韵致。既非亮到晃眼，也非淡到平易。开得内敛贞静，美得淡定自持。如乡村里的人，既真诚质朴，又热烈坚强。不知是不是参透了禅机，那由红而粉，由粉而白，渐开渐淡渐无色的过程，暗合了人生删繁就简将绚烂归于平淡的过程。

“林花谢了春红，太匆匆。”“今年花胜去年红。可惜明年花更好，知与谁同？”人们在享受美好的同时，总是抹不掉一缕忧伤。时光匆匆如流水，任你如何珍爱，依旧哗哗流淌。人呢，也一样。即便你侬我侬，依然谁也握不住谁的手，一如握不住风中的香气。一朵杏花，一片杏林，连同一些人，一些事，以及一切的一切，如同海浪一般向身后逶迤而去。恍惚觉得自己是枝上的那朵，听风的声音，听季节的声音，听谁的呼唤。风中，杏花展翅，半落春风半在枝，往事飞起来，思念飞起来，飞舞的花瓣是流浪的乡愁，轻轻融入脚下的土地。

云山很小，小到要不了多少步就走出了它的地界；云山很大，大到无论天涯海角，一辈子也走不出它飞杏花的场景。

玩游戏

20世纪七八十年代，物质生活不是很富裕，我们这些孩子没有因物质匮乏而呆滞木讷，反之，健康开朗，积极向上。课余时间不是补习这学习那，而是割草剜菜拾麦子，抬水烧火带弟妹，帮父母分担力所能及的家务。再怎么忙，总是能挤出时间与小伙伴三五成群，一起玩游戏，把童年时光演绎得多姿多彩。

那时候，书包里没有iPad、手机、游戏机这些电子设备，课外书也没有几本。但我们有毽子、弹弓、沙包，甚至是小石子。小伙伴们三三两两一起自制玩具，男孩子做弹弓、陀螺、铁环、火枪什么的，女孩子缝沙包、做毽子、搓布绳，碎布头、木头、竹竿、废铁丝甚至石子、瓦片、沙子都能派上用场。就地取材，简单实用。有时候连这些简单的东西都用不上，一样玩得很开心。两个人就可以“捣拐”，单脚跳着用膝盖和对方“对捣”，谁先双脚落地，谁就输了。三个人以上可以围在一起编花篮，每人抬起一只脚，勾在后面同学的腿弯上围成圈。跳跃、蹲下、起来，单脚跳着转圈，唱着“编，编，编花篮，花篮底下有小孩，蹲下起不来，坐下起不来，编成花篮拎起来。一五六，一五七，一八一九二十一；二五六，二五七，二八二九三十一；三五六，三五七……”的童谣，谁的脚先掉下来，谁就出圈。

“老鹰抓小鸡”一般在生产队的大场上进行。“老鹰”两边乱跑，伺机打乱“母鸡”身后的“小鸡”队伍，抓住甩出来的“小鸡”。排头的“母鸡”也不示弱，张开双臂，拼死护住后面的“小鸡”。有时“老鹰”和“母鸡”纠缠一处，难解难分，“小鸡”们笑得前仰后合，东倒西歪。

打水漂比较简单。拣个平整一点的石子或瓦片，在河边、水塘边站成一排，斜着身子使劲扔出去，打得水面“啪”“啪”响。有的响着点出一下、两下、三下水花，有的能点四五下，点的次数多为胜。

跳绳也比较简单，备根绳子就行。可以单人跳、双人跳、多人跳，跳的个数多为胜。

踢毽子要先做毽子。逢年过节杀鸡的时候，小孩子会拣一些鲜艳的鸡毛，找大人要一枚外圆内方的铜钱，把一根粗鸡毛管用线和布缝在铜钱上，然后再往粗管里插上鸡毛，毽子就做成了。

踢毽子有时用脚内侧，有时用脚外侧，也有跳“双大蹦”

的。跳的人往往两手一瞬间分开，一瞬间合拢，如展开两个翅膀飞翔，两脚瞬间飞起去接住抛出去的毽子，还要踢起来，起起落落间如表演一段杂技。常常吸引得大人也按捺不住，上前踢几把过过瘾。

还有丢手绢、踢脚斑斑、跳房子、砸沙包等等，虽然都很简单，可那快乐因为分享而成倍叠加。特别是抓弹子，至今想起，仍然回味无穷，意犹未尽。

抓弹子是20世纪七八十年代前后女生喜欢玩的游戏之一。所谓弹子，大多时候是又圆又滑的小石头，有的时候是小伙伴特意用布头缝制的栗子大小的小沙包，还有的时候是泥丸、杏核。五颗为一副，一般是两个人或几个人一起玩，一个人也可以。用“剪刀石头布”决定谁有最先抓弹子的权力。一般是单手抓，抓完一盘定胜负。大家可以共用一副弹子，也可以各用各的，抓满十层为胜。获得优先权的人，右手握弹子与地面平行，撒开。拿起其中一块向上抛出后，迅速去抓其他的弹子，然后接住抛出的弹子。第一次一个一个地抓，第二次两个两个地抓，第三次三个三个地抓，第四次四个弹子一起抓。刚开始，弹子抛向空中，眼睛只顾着地上的弹子，结果，地上的弹子抓起来了，再去接空中的弹子时，它已经落地。或者，眼睛只盯着空中的弹子，地上的弹子却没有抓到，或抓错了地上别的弹子。久练久熟，玩多了，就知道，抛弹子之前，要先看好要抓弹子的位置，然后再把手中的弹子抛向空中。这样一来，眼睛注视着空中的弹子，然后按照记忆去抓地上的弹子，容易成功。边抓边唱：“哎哟头，头花，梅花，梅大姐当家，头层；哎哟二，二月二，采荠菜，荠菜包饼二十块，二层；哎哟三，三月三，看牡丹，牡丹花开红艳艳，三层；哎哟四，四月八，赶庙会……”“弹子歌”唱词内容很多，有民俗，有神话，有褒贬，也有的根据现场人物自己现编。句子长短不一，但节奏是一样的。眼、口、手、脑协调一致，玩伴之间和睦融洽。想到这，情不自禁哼出声，那一幕幕快乐的镜头，浮现于眼前，儿时与现在咫尺之间。

随着社会的进步，时代的变迁，终归有一些东西会被淘汰或取代。可每当我们推开记忆之门，踏进童年时光，那些游戏仿佛缕缕春风，温暖着我们疲惫且麻木的心。

爆米花

傍晚，在小区散步，“嗵”一声突兀的巨响，吓了我一跳。继而，白烟袅袅，一阵熟悉的香气猝不及防地扑鼻而来，一下子唤醒了沉睡的关于爆米花的记忆。

记不清有多久没有吃过那铁铸的“黑炸弹”里炸出的爆米花了。有时也会到超市买袋装的爆米花放微波炉里烤，可不管是奶油味、巧克力味还是葱花味，都不正宗，都是伪爆米花味。

循着香味，我看到路边坐着一位看不出具体年龄的男人。敦实的体型，黑红的脸膛，鼻翼两侧有两块煤灰，头发和衣服上沾满了风尘。不用看他面前的那一堆家什，也知道他是一个爆米花人。岁月变迁，沧海桑田，唯有这种爆米花人没什么改变。

那时，庄上要是来了挑着两个木制货架卖山芋老糖、小吹机、花卡、大刀等小玩意以及针头线脑的“侉挑子”，或是拉个放着炭炉、风箱、“黑炸弹”的平板车的爆米花人，我和小伙伴们除了好奇，还有兴奋。朝大人要钱买老糖吃、买小玩意的可能性不大，自己那卖牙膏皮、卖杏核攒的两毛钱还不够五分钱一支铅笔、一毛钱一本本子瓜分的，是再馋也不能送进嘴里的。但我们却可以自主地买爆米花，即便没有那一毛钱的手工费。我们会在第一时间冲回家，到粮缸挖出满满一瓢玉米或小麦、蚕豆、黄豆，然后用手抹平粮缸表面。大米是不敢动的，因为家乡不种稻，那点大米是用玉米或小麦换来的，太少了，动一点都逃不过母亲的眼。然后，找出簸箕或筛子，把瓢放进去，端起就跑。撵上大部队后，自觉按先来后到的顺序排着。等着爆米花人量去一竹筒抵他的手工费，剩下的就可以倒进“黑炸弹”里了。我们一步不落地跟着他，直到他找到一块不碍事的空地，拿个马扎坐下来。他气还没喘匀，便又开始忙碌，一板一眼地卸下车上的家什：“黑炸弹”架在煤炉上，煤炉连着一只风箱，风箱拉出来的风通过一根管子送进煤炉里。他一手握着磨得锃亮的风箱把手，一推一拉，一手摇动架在炉子上的“黑炸弹”的转盘，炉火熊熊燃烧，“黑炸弹”的气压烧得一直往上升。

别看他的双手粗糙，指甲缝里嵌着永远抠不尽的黑灰，可这不影响这双手在我们眼里的神奇。它们协调一致，配合得严丝合缝。随着他左手的一推一送，风箱就会发出有节奏的呼哧呼哧声，那炉子上的火苗便借劲蹿了起来，呼呼作响。

十来分钟后，他瞄一眼压力表，指针对在指定的数位上，“黑炸弹”里的气压已经满负荷，他便停下推拉，煤炉里的火苗便弱了下来。他起身拿起一只大麻袋，套在“黑炸弹”的嘴上，左膝盖抵在“黑炸弹”上，右手拿一根铁管拨开盖子上的铁钩，戳进拉手环，用力一扳，“嗵”！盖子打开，一股白烟喷入麻袋，又从麻袋的口子和不太紧密的麻线缝里钻出来，向四周飘散。他一站起来，我们便像受惊的鸟一样四散开去，用食指堵上耳眼。一声让人既期待又害怕的巨响过后，玉米或小麦炸熟的香气会顺风灌满一个村庄。眼见着放进去小半瓢的粮食，倒出来的却是白花花的一簸箕，便讨便宜似的欢喜。

蚕豆、黄豆爆出来的花很香，但没有玉米花好看。金灿灿的玉米皮包着白花花的玉米肉，爆出来后开成一朵花的形状，又好看又好吃。那纯手工制作、不加防腐剂的米花，吃在嘴里香香酥酥脆脆的，在没有什么零食的童年，简直是人间至味。

我花两块钱买了一袋玉米花，边走边不顾斯文地吃起来，企图找回童年的味道。然而徒劳。原来，随时光一起消逝的不仅是我们的童年，还有由童年的伙伴、房屋、大山、小河、飞鸟、游鱼、天空乃至空气组成的一个完整的世界，其中也包括童年爆米花的味道和童年简单的快乐。

听广播喇叭

那曾经开启我智慧之门的《小喇叭》《星星火炬》，那曾经赐予我文学细胞的《阅读和欣赏》、小说连播、评书、相声，还有《每周一歌》等等，不仅丰富了我贫瘠而略显苍白的童年，更是我人生最初的一份滋养。听广播的旧时光，是摇曳在童年生活中的花朵，至今还散发着缕缕精神的暗香。

20 世纪 70 年代末 80 年代初，农村没有电视，更没有电脑，文化娱乐活动不多，物质生活和精神生活都很匮乏。但几乎村村都有高音喇叭，户户都装着有线广播。听广播，成为人们获取信息的主要方式和充实精神生活的不二选择。

那时，农村房子都比较简陋，大多是三间堂屋，两间配房，加个院子。屋前屋后或院子里，猪圈、鸡圈或旱厕中，少有跟文化生活相关的装饰。装在堂屋正门门头上的小广播，算得上是家家户户统一的文化装饰。

小广播的外壳是个方方正正的木头匣子，里面扣着一只大小和外形都像海碗的小喇叭，开关线一拉，美妙的声音便流了出来。广播是有线的，市、县、区通往各公社、大队的广播线路由各级广播放大站统一设计、布置、栽杆、架线。为了省事，广播线也常会搭在电线杆上。各家的小广播有两根细铁丝，一根与广播站牵来的广播线连接，接收信号；还有一根与插埋在地下的粗铁丝连接，形成回路。有时候，广播里会发出嗞嗞啦啦的声音，用水浇一下埋在地下的粗铁丝，就能恢复如常了。大队支部边上还会竖根杆子架着高音喇叭，相对于各家的小广播，高音喇叭就是大广播。大队书记传达上级指示精神，布置生产任务，或是发布会议通知，报告哪家有什么急事等等，都通过它广而告之，方圆好几里都听得见。

那时候，家家姊妹多，不像现在的独生子女集几代人宠爱于一身，衣不厌美，食不厌精，含在嘴里怕化了，捧在手里怕摔了，唯恐有点什么差池。当年的我们，就像田野里的庄稼一样，听天收。上山下海，追打皮闹，没人管没人问，基本处于散养状态。搂草剜菜之余，跳房子、丢沙包、抓弹子、过家家、藏猫猫、捣拐、打仗，漫山遍野地疯玩。唯一能让我们安静下来的便是听广播了。一拉线绳，那些美妙的声音便流淌出来，让人恨不能钻进去看个究竟。

东边的海，西边的山，北边的雪，南边的月，五湖四海，四季风光，风土人情，民俗人文，都收藏在那神奇的小匣子里。这么一个小匣子，怎么能出那么多各种各样的声音？里面都是些什么样的人？怎么坐？怎么站？怎么念的书？怎么吃的饭？这些问题常困扰着我幼小的心灵。可是没有人回答我。父母根本没有时间管我，再说这些问题对他们来说很荒诞。

印象中，第一次听到中央人民广播电台的那一句“现在是北京时间八点整”，首都北京的概念便深深植入心田。《新闻和报纸摘要》里的很多新闻幼时的我都听不懂，可是，一天下来，足不出户，天下大事也知道了不少，大大长了见识，生出了身居陋室、心怀天下的豪情壮志。

“嗒嘀嗒，嗒嘀嗒，嗒嘀嗒——嗒嘀——，小朋友，小喇叭开始广播啦！”这熟悉的旋律是呼唤我们回家的号角。待到年纪稍长，识字渐多，更喜欢的广播节目是《阅读和欣赏》。诸子百家、唐诗宋词、散曲杂剧，古文佳作与现代名篇交相辉映。前人辽远深邃的思想，今人聪明睿智的雄辩，精彩纷呈。长篇小说连播最让人上瘾，那些风景的描写，人物的塑造，让人身临其境。林道静、白茹、江姐……一个个角色出现在眼前，真切可感。我们聆听着情节跌宕起伏的故事，也接受着真善美的熏陶。半小时太短，留下的那个悬念足以让我们的小脑袋浮想联翩。刘兰芳的《说岳全传》，袁阔成的《三国演义》，都让人“过耳难忘”。还记得“诸葛亮舌战群儒”一段，夹在中间的鲁肃的窘态和可爱仿佛就在眼前，听得人会心一笑。不能忘记的还有那些歌词优美、曲调悠扬的歌。《月光下的凤尾竹》《我爱你，塞北的雪》《采蘑菇的小姑娘》《小草》《走在乡间的小路上》《我的中国心》等等，几年间我记录了满满两本笔记本，有几百首之多。特别是夏季的晚上，我们常常露天而眠。早早地吃完饭，面对着门头喇叭，拖一张凉席，到打扫干净的院子里躺下。深邃而神秘的天空仿佛要覆下来，北斗星、织女星就眨在睫毛上。蛐蛐和一些不知名的虫子在耳边唱着歌谣，萤火虫打着灯笼也来凑热闹。偶尔有露珠从树叶上滴下来，凉凉地打在脸上、身上。月亮挂在院子里的梨树梢，像是在跟我们一起听广播，那种美好和惬意再难寻觅。

“墙上一朵牵牛花，一根藤儿连着它。没有叶儿没香味，能唱歌来会说话。”想起这则关于广播喇叭的谜语，不禁莞尔。岁月渐行渐远，那些听广播的旧时光，藏在岁月的某个角落，成为我们心中永不消逝的童年符号，散发着淡淡的馨香。

看露天电影

带着对家乡的怀念，我常常想起童年的露天电影。

20 世纪 70 年代前后出生，在乡村长大的人，几乎都会有关于露天电影的记忆。那时候，乡村还没有电视，有线广播主要播放各地重大新闻，看露天电影成了我们最丰盛的文化大餐。因为没有电影院，看电影自然都是在露天。星星、月亮、大树、小鸟、小黄狗、大花猫，都可以和我们一起享受看电影的乐趣。

放电影的消息，我们一般都是当天午后才能得知。偶尔也有提前一两天就得知消息的。本村人，大多会在第一时间把小板凳、长条凳、椅子搬到放映场，占领有利位置。外村赶来的人大多数都是站着。如果时间允许，又遇到特别好看的电影，如越剧、战争片之类，有些人还会走好几里路去通知亲戚也来看。消息传来，全村人都会深受鼓舞。我们上学的孩子不用大人督促，很快主动做好老师布置的作业、父母布置的家务。大人们因为心情大好，放松监管，平时要对孩子进行责罚的事，这时大都可以“豁免”。他们不管在做什么活计，都会力量倍增，手脚麻溜，干活的效率大大提高，就为了早点回家吃饭看电影。

天没黑，人们就早早地聚到了大队支部前的空地上，连墙头上、草垛上、树上都是一张张充满渴望和喜悦的脸。在场地插上两根废电线杆或是别的木杆，再在杆上系上幕布，然后在场中找好位置，摆上机器，调试好，便可准备放映了。一面加黑框带银环的白幕布，一名带来放映机的放映员，一束强烈的白光，一大群自己搬来板凳的男女老少，几乎构成了露天电影的全部要素。

放映前，大人们天南海北地闲聊，张家长李家短地调侃；小孩们不是追逐打闹，就是聚在一起回味看过的电影，七嘴八舌，说了不解馋，便玩演电影的游戏，于半严肃半嬉闹中过把“电影瘾”。好不容易等到天黑透，一束白光照射在幕布上，聊天的大人们立即闭上嘴巴，躲在角落里亲热的恋人们也一本正经地出现在人前，只有孩子们还在镜头前来回穿梭，还会有人用双手做出鸡鸭狗兔等模样映射到幕布上，招来满场笑骂。直到出字幕，人群便一下子安静了，宛如浪潮退去后平静的海面。人们一个个都瞪大了眼睛，目不转睛地看着，心情随着电影情节的进展而跌宕起伏。看着幕布上的恩怨情仇，忘却了现实中的一切烦恼。记得《刑场上的婚礼》《铁道游击队》《英雄虎胆》《黑三角》这些影片，闪耀着革命英雄主义和革命浪漫主义的正义与奉献之光。那些英雄人物的世界观和价值观融入了我们的血脉，润泽我们的精神世界，引领和照亮我们的思想和灵魂。还有《被爱情遗忘的角落》《追鱼》《天仙配》《我们村里的年轻人》等等，都给我们留下了深刻的印象。不知不觉，电影散场了。人们带着满足和惬意在朗月疏星下踏上归途。

许多年后，午夜梦回，想起露天电影的某一情节或看电影时的某段趣事，才知道露天电影真的是久违了。

好在这两年文化部门开始提倡“送电影下乡”，让人有理由相信露天电影不会消亡。自古以来，公共演出场所就是人们进行社交的地点。人们可以呼朋唤友，谈天说地。从古罗马的竞技场到宋代的勾栏瓦舍，从 19 世纪欧洲的话剧院到 20 世纪中国的戏园子，都是这样的地方。随着经济的发展和生活水平的提高，露天电影也会跟着更新换代。在人际关系日趋淡漠和人的想象空间日益萎缩的今天，不管是都市还是村庄，露天电影都应该还有一定的市场。

赶 会

一个人对逝去时光的描摹与回忆，也许需要言之凿凿的依据。其实，依据不重要，那些可供回忆的时光，自有无数纯真的快乐藏在岁月繁茂的枝叶里。就像赶会，在每一个春末夏初的季节，不经意从哪一个瞬间走出来，让你眼前一亮。

对赶会的回忆与向往，长久地留驻在记忆中。这些记忆仿佛无数有意义的线索，牵引着童年的快乐时光。最初的记忆大概是七八岁。朝阳的三月三娘娘庙会，海州的四月八白虎山庙会，逢会大人和孩子便心痒难耐。我们这些小孩只惦着看热闹、买小玩意、吃零食。两个姐姐都不愿意带上我这个不愿意走路还嘴馋的小妹去碍手碍脚，可父母的命令又不敢违背。那时没有什么交通工具，好不容易有一辆大班车，不知要等几个时辰，更有那一毛两毛的票价也是物质匮乏年代的我们不能承受之重。步行省下的车票钱，都够我们租几本小人书或买一些零食了。

拽着姐姐的衣襟，在人山人海中穿行。沿街沿路遍布的帐篷让我们目不暇接。帐篷的里三面和朝外一面都摆上木制货架，架子上有各种各样的商品：一些花花绿绿的小饰品，如有机玻璃做的发卡，五颜六色的橡皮筋；各种质地的布料、成品衣服；琳琅满目的日用品、农具、竹编、柳编；桃树、梨树、香椿树，栀子、月季、牡丹花，各种花卉苗木，不一而足。帐篷里还有算命、测字、黄雀抽签的，看面相、手相、宅基地的，热闹非凡。这些还不在我们的关注范围，那些花刀、花枪、鬼脸壳、手推小人车、带水小吹机、泥塑彩绘成乐呵呵娃娃的不倒翁，做工精细，形态各异，栩栩如生，还有套圈、打气球、吹糖人等等，总是更能吸引我们的目光。特别是那各式小吃，让人垂涎欲滴。凉粉、凉面，老糖、姜糖、棉花糖，馄饨、枣糕、糖葫芦，这些东西就是过年也吃不着，只有赶会才可以“打馋虫”。那些吃食余香缭绕，把童年的庙会点缀得有滋有味。

会上，各地的戏班子也会从四面八方赶来唱小戏。印象深刻的是淮海戏《王婆骂鸡》《皮秀英四告》《樊梨花点兵》等等。常常是刚听时踮着脚尖，伸长脖子，目不转睛，听不到一半，便被那咿咿啊啊的拖腔拉调弄得没了耐心，钻到租小人书的摊子上，把手心攥出汗来的几毛钱，换成了蹲在地上看《小兵张嘎》《智取威虎山》《红楼梦》等“小画书”的快乐。

赶会归来，妈妈一定会改善家中伙食。因为赶会也是亲戚朋友间一年到头难得的聚会。表叔、娘舅、姑姨、舅母，凑到一块，聊聊家长里短，谈谈古今中外，散散心，解解闷，听听各路大道小道消息，暂时放下生活压力的羁绊，自由地释放和交流情感。

如今，与赶会相关的事物已被不断加快的生活节奏所遗忘。随着人们生活水平的提高，足不出户便可以看电视，享受各类曲艺，快餐、网购更是送货上门。人们在充分享受富裕所带来的快捷和便利的同时，也失去了贫穷日子里庙会上身贴身、心贴心的没有距离的幸福和快乐。

当岁月渐渐逝去，总有一些东西会变成枯黄的叶片在深秋季节纷纷零落，那泛着凉意的树身会告诉你：即使是最纯真的快乐，也会走进枯萎的季节。

我们知道，一些事物的存在，只能有一段短暂的时期，包括人，总有消逝的一天。但一个城市总该保留下一些古老的痕迹，在岁月的流逝中传承。庙会应该算是其中的遗存，它会以最执拗的姿态，与滴水穿石的时间抗衡。

吹糖人

前不久在文博会的一个展位上，我看见了吹糖人的。那晶莹剔透的糖人映入眼帘，唤起了尘封已久的童年记忆和味觉里保存的糖人的甜香。

“咣——咣——”，小镗锣在庄头一响，我们就知道卖糖人的黑红脸老汉老朱又来了。小伙伴们像是听见了集合号，争先恐后从四面八方聚拢过来。老朱的挑子很简单，一头是一个带架的长方形柜子，柜子下面有一个半圆形的开口木笼，里面有个小炭炉，炉上有个铜勺，里面有糖稀；另一头是一个带抽屉的小木柜，既当凳子，又可以放木炭、竹签、吹管、镊子、剪刀等工具。还没等老朱把担子放稳，小伙伴们便围了上来。一个个眼睛瞪得滴溜圆，一眨不眨地盯着他看。老朱不管你的心急火燎，慢条斯理地安置好家当坐下，捅开炉火，拿出一根小竹管，对着炉火徐徐地连吹几口。等吹得火旺，熬得糖热，将一根竹签插在箱盖侧面的小孔里，然后用一根细管插入糖块，边吹边转着圈。同时双手或捏或拉，或拽或扯，那糖块便像吹气球一样慢慢胀起来。一眨眼，一个耳朵圆圆、尾巴弯弯的小动物便呈现出来。再找两颗红小豆趁热往小动物的头上一按，一只栩栩如生的小老鼠就吹成了。顺手就递给把五分或一毛的钢镚举得最高的孩子，招来别的孩子的一阵眼馋的哄笑。孩子们不会把羡慕掩藏到脸后，而是伸长脖子、跳着脚喊“我也要这个”“我也要那个”。对老朱，我们有说不出的佩服。他那一双手，好像你要什么都能捏出来。不一会工夫，一个个活灵活现的小猴、小狗或猪八戒就从他手里像变戏法一样冒出来，人群里便传出一阵欢呼。碰上他高兴，还会挑一块糖头捏几下，在你手中的大猴背上搭上一个小猴，让你意外地惊喜。孙悟空是最受孩子们欢迎的了，用剪刀细细一剪，便做出头上的花帽，用手一拉，那小猴的人腿便出来了，再一拽，小猴又手搭凉棚翘首观望了。末了，折一节竹签，用红色、黄色的糖稀一圈圈绕好，一个两头黄、中间红的金箍棒就成了。再沾一点糖稀，往那小猴身上一粘，一个神气活现的孙悟空就出来了。还有黄狼拖鸡、小狗救驾、老鼠偷油等等，无不惟妙惟肖。拿到糖人后，我们都不急着往嘴里送，先看个够，再比个够，然后叽叽喳喳，凭借想象编排糖人的趣事。这个这么讲，那个那么编，嘻嘻哈哈说个不停。一个糖人一个故事，这糖人、这故事常常把我们带入一种想象的愉悦中。有钢镚买着糖人的一脸知足，没钱买的则一脸羡慕地跟着往回走。说说笑笑闹够了，才想起来吃。于是，买着和没买着的，一起“将军宝”，用“石头剪刀布”决定谁先尝第一口。即便知道那糖人甜香酥脆，嚼一口嘎嘣香，大家也不舍得那样咬着吃。而是仔细端详从哪里下嘴可以吃得慢一点，然后用舌尖一小口一小口地舔。你一口，我一口，直到把那糖人舔得“体无完肤”“支离破碎”，这项又好吃又好玩的娱乐活动才算结束。如今家家的孩子都是“小皇帝”“小公主”，各种书籍、玩具让人眼花缭乱。在“再穷不能穷孩子”观念的影响下，家长用在孩子身上的钱最不心疼。糖人再也不是孩子追逐的东西了，吹糖人这门经典的传统手艺也渐渐被人遗忘。即便是在农村的街头巷尾也难觅其踪，只能在一年一度的庙会或是各种民俗手艺表演的展览会上才能看得见。

无论隔着多少年的时光，想起糖人，心里、嘴角都会泛起当时的甜香。

扚茅针

夏日的清晨，漫步林地，花草繁密，清香扑鼻。薰衣草、拉拉藤、车前草、狗尾巴草，顶着薄薄的雾气，新鲜而湿润。一片一片藏在林地躲过了孩子们的眼和手的茅针吐出了洁白的绒毛般的花穗，像是一支一支毛茸茸的芦花，在阳光的照耀下发出柔柔的光，随微风摇曳生姿。野性，柔美，壮观。

茅草，是乡村最常见的野草，似乎有丁点的泥土就能生长。它们发芽、开花并不是为了炫耀自己，只是循着自然规律，春荣冬枯，生生不息。它们延续着自己的生命，也延续着春天，延续着一代一代人的审美体验。

早在草木丰茂的先秦时代，茅草就被当作赋比兴的素材。《诗经·邶风·静女》中云："静女其娈，贻我彤管。彤管有炜，说怿女美。自牧归荑，洵美且异。匪女之为美，美人之贻。”朱熹注曰：“荑，茅之始生者。”荑，就是我们所说的茅针，它义无反顾地充当了玫瑰的角色，成为示爱的礼物。郭沫若先生的译诗颇有调侃的意味：“郊外送茅表她爱，嫩茅确实美得怪。不是嫩茅有多美，只因美人送得来。”茅针外形如微缩版的嫩笋，也像玉管狼毫，芽尖上那一抹红晕发出胭脂般润泽的光亮，因而也就有了“彤管”的雅称。在少年的眼中，鲜嫩的彤管亦如送茅的少女。少男少女们在自然的草木山水间欢爱，两情相悦。他们的眼，他们的身体，他们的心，像茅针一样清新、纯净。《诗经·卫风·硕人》中还有“手如柔荑，肤如凝脂，领如蝤蛴，齿如瓠犀”的描述。大意是说：她纤纤素手似茅针的新芽，嫩白的皮肤似凝固的油脂，美丽的脖子像天牛的幼虫，洁白整齐的牙齿像葫芦的种子。这样生动形象的比喻，流传了很久。还有田园诗人范成大的“茅针香软渐包茸，蓬櫑甘酸半染红。采采归来儿女笑，杖头高挂小筠笼”“白云堆里白茅飞，香味芳辛胜五芝。揉叶煮泉摩腹去，全胜石髓畏风吹”，如今读来，依然可以照亮人们的眼。

在乡村，一场贵如油的春雨一洒，山上坡下，河堤岸边蛰伏在土里的草根，窥听到地面上的动静，试探性地拱破土壤，发一个芽，生两片叶，活泼泼地钻出来，顽皮地顶起一个一个黄豆大的小土包。春风一吹，太阳一晒，或鹅黄或浅紫的芽尖就露了出来，在阳光下欢快地成长。用不了几天，绿中带黄，黄中泛绿的草叶便连成了片。时间不长，茅草上就烟卷似的长出一个小尖点，慢慢地饱满、鼓胀，散发出一股清香。孩子们的鼻子比小羊羔的鼻子还尖，齐刷刷地涌向茅草地，拔茅针。

拨茅针不能着急。用力过猛的小伙伴，手和胳膊常被茅草锋利的叶边拉出一条细长的小口子。即便不出血，沾上露水，也疼得慌。有经验的小伙伴，左手轻轻地拨开茅草叶，右手用拇指和食指捏住茅针中间偏下一点，向上猛地一提。"吱"，茅草轻轻地呻吟一声，就脱离了母体。常常手快的人已拔了几把，手慢的人手心还没满。为了均衡，小伙伴还会折根树枝或芦苇划分"势力范围"，保证每个人的收获差别不要太大。一根茅针，细细长长，身形款款，曲线流畅。一身翠绿罗裙，玲珑婉约如深闺女子。"轻解罗裳"，雪白的花穗颤颤地抖动，肉肉的，柔柔的，嫩嫩的，我见犹怜。吃进嘴里，软绵绵，滑溜溜，一股清香鲜甜从舌尖蔓延至肺腑。常常，男孩子不像女孩子那样一条一条地吃。他们嫌不过瘾，会剥出一把，一条粘一条接成一条龙吃，或是盘成饼状，团成一团吃。吃腻了，用手夹一根放嘴里，学着大人抽烟的样子。或是插进鼻孔装象，或是粘在嘴唇上扮白胡子，还一边唱着"茅针茅针两头尖，你吃茅针我吃烟；茅针茅针两头长，你吃茅针我吃糖"的歌谣，相互追逐嬉闹。跑累了，就坐到草丛里，蚂蚱、刀螂、蹬倒山、花大姐都是我们的玩伴。茅针还可以当"赌资"，打弹子，抽陀螺，下跳棋，输了，就把自己的茅针拿出来给赢家。茅针要及时吃，隔天就蔫了，也要及时拔，清明后十来天，茅针就老了，嚼起来像干棉絮，暖风一吹，扬起白茫茫的一片花穗，迎风起舞。

“野火烧不尽，春风吹又生。”茅草，这朴素的植物，世世枯荣，代代轮回，循环往复。从上古启程，沿着《诗经》留下的线索一路走来，在这片林地摇曳、轮回，没有终结，时时提醒你将自然中的美好进行到底。

摘山葩葩

第一次读鲁迅先生在《从百草园到三味书屋》中写的“如果不怕刺，还可以摘到覆盆子，像小珊瑚珠攒成的小球，又酸又甜，色味要比桑葚好得远”，还不知道它在现实中的样子。直到去青松林，在丘陵、缓坡、灌木中发现那一蓬蓬葱绿中点缀着的一粒粒鲜红的果，同行的人惊喜地喊出“覆盆子”时，我才知道，它原来是我的老相识。

小时候居住的云台山脚下，山坡、沟边、地界、林边、灌木丛，随处可见可以吃的野果。揲茅樱，摘山葩葩，打酸枣，摘山楂，捋小满，摘山里红、樘梨、毛桃，等等。那个扎着两个羊角辫，穿着红小褂，沿着山坡溪涧摘野果的小姑娘在自然山水中寻觅一片绿叶红果的纯粹质朴，也寻觅一份山野的秘密和童年的快乐。摘野果给生活在物质匮乏年代的我们充饥、解渴，也使我们的孩提时代五彩缤纷。至今想起，还让人口舌生津，跃跃欲试。在众多野果中，我最喜欢山莓莓。记忆中，有一大段被山莓莓映红的时光。

春天里，山莓莓开始发芽、长叶、发棵，荆条四散生长，从藤到叶都长着细小的毛刺。不小心被荆条上的倒钩刺勾着衣物或手脚时，一扯就拉出条口子。藤蔓繁茂，肥厚深绿的叶片挤挤挨挨，像幼儿的手掌。柔嫩的枝条或匍匐在地，或当空摇曳。暮春时，荆条上开出一簇簇的白色或粉色的花。一小朵一小朵的五瓣小花，像小姑娘天真的脸，那花瓣末端打着点卷，又有点像小姑娘的裙边，散发着若有似无的清香。待到花谢，结出一个个青青的小果来，小果一天天变黄。到了初夏，麦子成熟的季节，山莓莓红了。暖风中弥漫着成熟的山莓莓香甜的气息。樱桃大小的山莓莓，小巧可爱，整体呈心型，末端呈钝圆形，底部稍平，空心，聚合果粒紧实细密，一粒粒细小的多汁的冰晶般的红粒聚积在一起，像个倒置的小盆。从表面看有些像草莓，也有些像荔枝。从侧面看，果子上有一层细细的须毛，每个细小晶粒上都有。一粒粒掩映在肥绿的叶片丛中，嫣红生色，正如那万绿丛中一点红。而那不只是一点红，那红像少女湿润的唇，娇艳欲滴；也像晶莹剔透的红玛瑙，鲜艳夺目。恰如星星般点点闪烁在摇曳的青绿里，叫人一发现它就不禁欢呼雀跃。但高兴归高兴，摘的时候还是要小心。如果被枝条上的刺扎着，手就会被刺疼出血。要小心地拨开枝叶，探长身子，伸长胳膊，小心翼翼地踮起脚，从枝托处轻轻摘取。山莓莓吃起来口感非常好，甜中带一点点酸。我们总是先摘几颗新鲜的大的解解馋。无需清洗，自有山风为它掸尘，雨露为它沐浴，我们只管尽情地吃个够。失去果的茎承如柿蒂，还会有蚂蚁嗅着甜气爬上去游戏。吃足以后，我们会拔几根顶尖坚硬的狗尾草，把山莓莓串成一串串的带回家。有时候小伙伴之间还比赛谁串得多，谁串得好看。嘴馋的孩子等不到把山莓莓拿回家，挂在脖子上就忍不住一口口咬着吃，吃完还津津有味地吮吮残留在指尖的汁液。还有来不及拔草的，就直接塞到口袋里，到家时口袋贴着肌肤处早已洇湿一片。那些挤压得变了形的山莓莓被掏出来，捏在手中，把手染得嫣红嫣红。或是随手塞进嘴里，直接吞下去，味蕾处依旧遗留着清甜的馨香。那些熟透未被及时采摘的果子，或是遭小飞虫侵袭甚至生出蛆虫，或是糜烂掉到藤叶间，“化作春泥更护花”了。

还有一种野果和山莓莓外形相似，叫“蛇莓莓”，果实颜色非常鲜艳。大人们说那是因为蛇喜欢在上面吐口水，所以果子才那么红那么亮，是有毒的，所以我们碰也不敢碰。大人还说，山莓莓益肾利尿。小孩子是不管这些的。

记得有一次，家里人都到地里收麦子，我一个人去屋后的小山坡找山莓莓。看到地边红红绿绿的一团，急切地奔了过去。到了近前一看，是一条“花虎鬼”蛇盘在那里，昂着头，虎视眈眈地看向我。我吓得一屁股坐到地上，心里想跑，可是腿站不起来，连哭都忘了。不知过了多久，才狼狈逃窜回家。从此，再也不敢一个人去摘山葩葩。

在林地的灌木中，童年的山葩葩树影婆娑，载着质朴岁月里简单的快乐，逆流而来。

采荠菜

“二月二，采荠菜。荠菜包饼筋拽拽，不吃不吃两三块。”这朴实的民谣小调在二月料峭的春风中唱起来，一点一点迷醉了我们亲近土地的渴望。

二月二，雨水刚过，惊蛰的雷声还没有在我们的头顶炸响，灰绿叶片镶浅紫边的荠菜眨眼间拱破地皮，攻城略地，占领了田野的每一个角落。麦田菜地、垄上地头、沟旁渠畔，还有坡上那些收过花生、山芋还没来得及种上点什么的闲茬地里，有丁点泥土的地方就有荠菜那不屈不挠的身影，在春寒里展示自己顽强的生命力。

记得小时候，下午放学后，我会跟着两个姐姐，挎上竹篮，带上小铲子，到田间地头剜荠菜。初春的天空碧蓝如洗，云朵白如棉絮，绿油油的麦田随风起伏。傍晚的阳光为远村近树镀上了一层金辉。不知是麻雀还是燕子，三三两两在晚霞中留下优美的身影，还有袅袅的炊烟，让人恍然如梦。我们不会赏景，只顾埋头挑拣东一撮西一棵藏猫猫的荠菜。麦田里的荠菜鲜艳油绿，与麦子颜色相近，稍不留神便让它逃了过去；路边田埂上的荠菜紧贴着地皮，是灰绿色的，叶片有浅紫的边；闲茬地里的荠菜比较肥硕，一棵棵比着肩往上长。生得早的，已经出苔子了，亭亭的苔顶着几粒细碎的青白的花，在春风中轻微地摇摆。我们不知道“三月戴荠茶，桃李羞繁华”的谚谣，却也会摘一些插在竹篮边上，装饰我们的快乐。

竹篮里的荠菜渐渐多起来，我们心里的成就感也跟着上涨。想着回到家里，母亲看到满篮的荠菜会爱抚一下我们的头，便骄傲异常。淘洗完的荠菜蓬蓬勃勃，油光发亮。母亲会开心地哼起《小大娘卖水饺》的小调：“清早哎，起床来，梳头打扮卖饺子，卖到东关里。你要问我的水饺什么馅，小大娘告诉你：荠菜豆腐和生姜，葱花油盐搁齐全，馅子顶好的。你要问我水饺多少钱一碗，小大娘告诉你：上午卖的是三毛三，下午又卖两毛两，早卖早回乡。”一边哼唱，一边手也没闲着。母亲会先把葱花和盐倒进油锅炸香，接着放进荠菜，炒一会儿后加水烧汤，再把玉米粉、面粉放盆里搅成小面疙瘩，下到汤里，放点虾皮，鲜香可口的面疙瘩饭便做成了。条件好一些的时候，母亲会和点白面，把荠菜切碎，打上鸡蛋，放点虾皮，给我们包三鲜饺子。那好吃的味道，至今想起仍觉口舌生津。

如今，我们的孩子对什么季节里会有什么样的野菜并无期待。她们不认识什么是羊蹄草，什么是灰灰菜，什么是拉拉秧，什么是红梗菜。她们的瓜果蔬菜不再应着四时节气而来——大棚里在冬天也能培育出夏天的菜。

那时，生活是一件艰难的事，却总有许多快乐藏在艰难之中。现在，生活富裕了，我们却失去了在春天里、旷野上、风和日丽中呼朋唤友，一边欢欢喜喜采野菜，一边唱“二月二，采荠菜”童谣的快乐了。那样的情景，想一想，足以令人心旷神怡。

捋槐花

在生养我的小村李庄，涧沟边，山岗上，房前屋后，到处都有槐树在恣意地生长。每到五月花开时节，小村便成了一片花的海洋，连空气中都飘着沁人心脾的甜香。

那一簇簇洁白饱满的槐花，就像一片片白云，在绿树红瓦间飘荡。这时的小村就像一幅画一样，而我家的老屋就在画的中央。老屋的园边有一棵老槐树，冬季枝干遒劲，夏季绿荫如盖，是我们玩耍的好地方。我们在树下玩丢手绢、抓“小偷”，上树用面团粘知了。那时，不用担心有如山的作业，也不用上各种各样的辅导班。只是为了五个孩子忙得手不停脚不住的母亲不让我们拾闲，不是喊正在玩耍的我们上山耧筐烧草，就是下滩剜篮猪菜；不是到井边抬水，就是回家做饭。尽管心里一百个不情愿，我们也不敢反抗，嘟着嘴，拖着腿，行动迟缓。只有槐花盛开的时节，母亲让我们捋槐花的命令，我们执行得眉开眼笑，心甘情愿。

那白中泛青，玉一样晶莹的槐花，在忍饥挨饿年月的母亲眼中，可不是用来欣赏的。母亲一声令下，我们便挎着竹篮，扛着绑上镰刀的长竹竿，绕着槐树上蹿下跳地奔忙。那采下来的第一把槐花，我们都不急着往篮子里放，而是先放到嘴里尝一尝。那白茸茸的花，嫩黄黄的蕊，吃上一口，一直甜到心里头。

个高的大姐在树下掰树枝捋，二姐则爬到树上捋。还有够不着的，就把绑在竹竿上的镰刀伸到茂密的枝叶间，勾住一枝开满槐花的枝条，轻轻一出力，整束的槐花就飘落下来，拣得我手忙脚乱。用不了多长时间，我们就有了一大篮子的收获。篮子盛不下了，我们便拖着镰刀削下的槐树花枝，唱着“什么做窝做得高？什么做窝半截腰？什么做窝莲花碗？什么做窝一条槽？喜鹊做窝做得高。斑鸠做窝半截腰。燕子做窝莲花碗。兔子做窝一条槽”的自问自答的童谣，满载而归。

槐花到了母亲的巧手里，就会变成一样一样让人垂涎欲滴的美味佳肴。槐花放在大米上蒸，拌上葱花、油、盐做成咸花饭，那叫一个鲜；槐花和玉米面和好蒸成窝窝头，那叫一个香；槐花和韭菜拌馅包出的大脚饺子，那叫一个美。还有凉拌槐花、槐花汤等等。那时，只要闻到母亲蒸的槐花的香味，我就会和弟弟迫不及待地把饭桌抬到树下，他让我端板凳，我让他拿碗筷，生怕谁少做了什么。说恼了，两人就围着槐树你追我打，直到妈妈来喝止我们。那棒须面糊糊就着大脚饺子，至今还令人齿颊留香。吃不完的槐花，母亲会用开水烫一下，晾干以后收起来，冬天的时候包包子、饺子，仍然能把你的眼前吃出一片鸟语花香。

晚饭后，庄上的叔叔、婶子、大爷、大娘都聚拢到老槐树下的那一盘青石磨旁，谈天说地，议论家常。爷爷总是坐在那盘磨上，抽着那杆磨得锃亮的铜嘴烟袋锅主讲。不管是《天仙配》《白蛇传》还是《薛仁贵征西》《乾隆下江南》，不管是杨家将、岳家军还是八路军、解放军，不管是张家婆婆还是李家嫂，都从爷爷一明一灭的烟袋锅里袅袅飘出，只听得大人忘了一天的辛劳，孩子忘了追打嬉闹。

岁月流转中，不知有多少个槐花飘香的季节匆匆走过，槐花饭食也渐行渐远，捋槐花的快乐却窖藏在心的一角。对于童年生活，它是那样不可或缺。

去礼堂

连云港云山有一个叫李庄的小村庄，是我的老家，现在我的父母还住在那。大礼堂，是老家的地标。

想来，喜欢看戏看电影的嗜好，是在大礼堂中培养起来的。20 世纪七八十年代，乡村没有多少文化生活。正处于学生时代的我们，没有课外书，也没有吹拉弹唱、绘画舞蹈什么的补习班，更没有电视、电脑，散养的我们有大把的时间自由支配，除了玩就地取材的游戏外，最期待的就是去大礼堂看戏、看电影。

礼堂建于 1976 年。那时候，经济困难，文化生活贫乏，开会、看电影、看戏、文艺演出都在露天。遇到刮风下雨下雪耽误正常工作的开展，就只能干瞪眼。当时的支部书记是个见多识广的人，知道只有建一个属于村民自己的礼堂才能解决这些问题。于是，他发动群众，号召大家自己动手。没有人，从各个生产队抽调义务工；没有石料，到驾马沟山里采；没有木料，到林业队山上砍树。经过七八个月的奋战，占地 500 多平方米的礼堂终于落成，成为村里乃至乡里占地面积最大的建筑物，也是全乡最大、最重要的政治文化活动场所。

礼堂坐落在乡政府驻地李庄村的半坡上。后面原来是李庄小学，前面是乡政府机关，四周还有依山势散落的民居。礼堂正门前有八级青石铺成的台阶。拾阶而上，两侧是青石砌成的花坛，花坛里两棵金桂长出伞一样的冠，清香四溢。三扇漆成朱红色的木制大门，人多的时候可以分散从三个门进入。进门左右两侧各有两层，每层各有两间房。右边底层是村委办公室，楼上是会议室；左边底层两间房分别是广播室和售票处，楼上是杂物间。推开内门，最初有一排排水泥座椅，后来换成了文化馆淘汰的木制长椅。东面是早年砌起的占地 50 多平方米、高 1 米多的圆弧形舞台。舞台两侧是礼堂的后门。礼堂能容纳 600 多人。各学校、各村的文艺会演，各种总结表彰会议，各种专业和业余的戏剧演出，都在这里举办。还有隔三岔五的电影放映，虽然都是老几样，但对于文化资源匮乏的我们，无疑是一顿顿文化大餐。

礼堂门前有一块空场，是我们童年娱乐、玩耍的天堂。小伙伴们在这里跳绳、踢碑、砸包、打梭、打弹子、滚铁环、玩“老鹰抓小鸡”、藏猫猫，每一次游戏都酣畅淋漓，常常玩得忘记了时间，忘记了回家。

那个年代，看电影是我们获得知识、开阔眼界的重要渠道，也是我们认识生活、了解世界的最好途径。《智取威虎山》《沙家浜》《小兵张嘎》《铁道游击队》《地道战》《牧马人》《雁南飞》《被爱情遗忘的角落》《庐山恋》等好多部电影，都是我们学生时代在大礼堂里看的，极大地满足了我们的好奇心，也是我们最好的精神食粮。那些生动的画面、经典的台词、动听的插曲，刻入了我们的脑海，融入了我们的血液，伴随着我们的成长，对我们品德、性格的形成有着非常深刻的影响，是我们心中“永不消失的电波”。

我们还看戏。过年过节或农闲之时，常有戏班子来唱淮海戏。到了戏班演出那天的晚间，全村以及周边村落的人没有不知道的，甚至连外乡的人们也会从老远赶来。有时进场的人数超过预计人数，大礼堂里挤得满满当当，讲话声、喊叫声此起彼伏，人声如潮。直到开场的锣鼓一响，声音才如退潮一般平息下去，人们全神贯注盯着灯火通明的舞台。《穆桂英挂帅》《杨三姐告状》什么的，咿咿呀呀拖腔拉调的唱腔常让我们这些小孩子听得不耐烦，坐不住了就你戳我一下，我打你一巴掌地玩闹，被大人呵斥后，老实不了两分钟，又故技重演。

我们也上台演节目。大姐、二姐和我，都是各自所在年级的“台柱子”。每个节目虽然只有几分钟，但每一次我们都精心准备，反复排练。姐姐表演的《大寨亚克西》等节目，我至今记忆犹新。到我能上台时，我不单报节目，还和“大头”一起说《对口词》，和“二华”“雅涛”一起唱歌。印象最深的是一次独唱时我忘词了。有一次，学区文艺会演，我独唱一首歌曲，叫《加快步伐朝前走》。我亮开嗓门，高亢激昂地唱起"登山攀高峰，行船争上游，社员斗志比天高，加快步伐朝前走。能挑千斤担，不挑九百九"。这时，前排的一个男同学摇头晃脑地模拟着挑担的动作，让我一愣神，忘了后面的词，呆呆地立在台上。台下不知发生什么事，也愣住了，鸦雀无声。弹风琴伴奏的李家柱老师重新又弹奏一遍，我才回过神来，也不知怎么唱完怎么下的台。老师虽然没有批评我，我自己却羞愧得好多天躲着老师和同学。

大礼堂，矗立在时间的河流里，岁月的痕迹显而易见。屋顶漏雨，窗户破损，曾经的辉煌在岁月的跌宕中显得短暂而潦草。但那一块块方正的青石砌出来的石墙还屹立着，提醒我们，许多人在这里接受过真善美的洗礼，得到过文化的滋养，度过了许多快乐的时光。

收麦

春风刚刚吹走冬日的最后一片枯叶，田野里的麦苗就迫不及待地钻出白花花的雪被，沐浴春日的暖阳，吮吸春日的细雨，舒展腰肢，拔节、抽穗、扬花、灌浆。只是一眨眼的工夫，麦粒由青转黄，由软变硬，麦芒根根挺立，锋芒显露，剑戟一样。籽粒虽已饱满，但还没硬挺，散发出甜兮兮的清香。捋一把放在手心，使劲搓揉，青中泛黄的麦粒从麦皮和芒中分离出来，用嘴吹去浮皮，仰头往嘴里一捂，嚼一嚼，麦香直下肺腑，通体舒泰。

一晌南风，如画笔轻轻地抹过原野，一片炫目的金黄在湖面一样平静的田野掀起一圈一圈的波纹，一波一波的麦浪弥散成熟的光芒和丰收的讯息，流光溢彩，涌向田野深处。一夜之间，麦香就灌满了村庄。

好像是接到了节候的旨意，黄澄澄的麦黄杏，桃尖一点红的五月鲜，火红的石榴花，雪白的栀子花，碧青的荷叶，才露尖尖角的青里泛粉的小荷，还有“布谷、布谷，割麦插禾”的鸟叫，还有“咕呱、咕呱”的蛙鸣，各种色彩和声音一起丰盈着初夏时节大自然生命的律韵。那些坐享其成的麻雀，叽叽喳喳谋划着，或潜伏于路旁的树丛，或簇飞于田间地头，伺机扑入麦田，抢先品尝麦香。孩子们挥舞着竹竿或衣裳，撵得它们东躲西藏。“吵”“吵”，最是这镰刀割破麦管的声音，与血管里流动的声音遥相呼应，我便有一种冲动，抬脚去老家，去云台山脚下那个叫作云山的地方，去儿时开阔的田野，找寻儿时的麦收时光。

“妇姑荷箪食，童稚携壶浆。相随饷田去，丁壮在南冈。足蒸暑土气，背灼炎天光。”千百年来，麦收时男女老少齐上阵，起五更、睡半夜，烈日下挥汗如雨的辛苦是一样的。白居易的诗句也和麦子一起生了根，一代接一代地被传承和吟唱。

五黄六月的天光比布谷鸟醒得都早。四点来钟，父亲的身影就在院子里晃动，检视一遍早就搜罗好的扁担、挑绳，开始借着熹微的晨光磨刀。搁置在墙角农具堆里生了斑斑锈迹的镰刀，被父亲找了出来。父亲提来水缸边两头略高、中间略凹的青色的枕型磨刀石，端出半盆水，拿出趴趴凳，坐下来，左手握紧刀柄，右手稳住刀尖，掬一捧盆里清冽的井水，碰碎了水中倒映的镰刀一样的月牙，还有满盆的星光。父亲腰弯如月，亦如镰。“哧——嚓”“哧——嚓”，一推一拉磨出明快的节奏，熟练而流畅。边磨边用手在刀刃上试探，看看是不是锋利。暗红的铁锈纷纷脱落，散发出金属的腥气。片刻工夫，一把生锈的镰刀变得锃明瓦亮，锋利无比。父亲边磨边检验刀柄有无松动，刀锋有无卷刃和损坏，以便及时维修和更换。那种认真和郑重，不亚于战士临战前擦拭刀枪。一切就绪，父亲肩扛手拎带上一应工具，走向麦地。

来到地头，父亲不急着开镰，而是满怀感激和疼惜，深情地望着每一棵麦子。然后，父亲弯下腰，弯成90度，似乎在向麦子、向大地鞠躬行礼。面朝黄土背朝天，天地之间，没有一种劳作的姿势是不谦卑的。他右手攥紧镰刀，左手向怀里拢一把麦子，拉开架势，忙碌起来。“嚓、嚓”，声音有些闷。大清早虽然凉爽，麦子却不好割。湿重的露水让麦秆变得非常柔韧，割起来很是费劲。日头慢慢升起，麦地里又潮又不透气，湿热难当。日头正中时，虽然把人晒得冒油，却也把麦秆晒得焦脆。“吵、吵”，镰刀轻轻一带就割掉一把，割起来省力很多。

儿时的我做不了多少事，也帮不上什么忙，只能送些茶水、饭食，或是在地里捡麦穗。每当我拎着绿豆汤、粽子、糖饼走向地头时，父亲就会直起腰，抬起头，看着我来的方向，戏谑地说：“眼望灯盏大，俺家终于望来了一个棒劳力。”我知道，哥哥姐姐在外地当兵上学，父母春种秋收亲力亲为，比起几个孩子都在身边的人家辛苦很多。我有些心疼，也有点不服气。撸起袖子，拿起镰刀，学着父亲的样子，左脚在前，右脚在后，左手拢麦，右手握镰，弯腰撅腚地割起麦来。只一会，火辣辣的太阳烤得我脸红耳热，口干舌燥。汗水顺着头发、脖子、前胸、后背往下淌。脸上、胳膊上被麦芒扎出的红点点被汗水腌得火烧火燎地疼，腰也酸得直不起来。一屁股坐在垄沟边，再也不想爬起来了。

阳光和麦子一个颜色，天上地下一片金黄，让人目眩头晕。转头看看父亲，他依然甩着胳膊，扭着腰胯，挥舞镰刀朝着地头赶，灰色的小褂上是汗水干透之后留下的一道一道蜿蜒的白色的盐渍，像一条条蚯蚓在爬。他一心想着早点割完，颗粒进仓才放心。夏日的天，孩子的脸，说变就变。上午还是大晴天，说不定下午就会乌云密布，甚至是大雨滂沱，如果不及时收割，麦子就烂在地里了。那可是一家人一年的口粮，父亲不敢掉以轻心。随着镰刀的挥舞，一行行金黄的小麦一排排倒下，特别温顺。田地渐渐变得空旷，只留下二十厘米高的麦茬，像是给收割完麦子的麦地铺上金色的地毯。割下的麦子捆成捆，扎成堆，肩扛手提，担挑车载，送到打麦场，开始“打场”。“打场”的时候最紧张，各家都等着脱粒机用。父亲会请来叔叔、大爷帮忙。有的爬上麦垛，用木杈往下挑；有的在麦垛下，抱起一把一把的麦子喂到脱粒机口中；有的把脱粒机吐出的麦秸归拢在一起，扎成捆，用杈往高里挑，堆成一个圆锥形麦秸垛；有的用木锨把麦粒往空地上铲。麦子打完了，他们的脸上、头上全是土，眉毛、睫毛都沾着灰，连吐的唾沫、擤的鼻涕都是灰黑色的。

夕阳西下，微风习习，父亲挥舞木锨，成群结队的麦粒在空中划出一道道弧线，纷纷扬扬如天女散花。金黄的麦堆越堆越高，宛如座座金山。小孩子在麦场的边上翻跟头，跳皮筋，打陀螺，丢沙包，或是你跑我追满场闹。母亲和婶婶大娘一边拉呱，一边往麻袋里灌麦粒，笑容不自觉地爬上了眼角眉梢。

那一片炫目的金黄，是家园的象征，承载着乡愁，寄托着对丰收的期盼和向往。当我再次想起时，它已成了遥远的回忆，成了乡村留存于我笔下的诗行：

唦唦——唦唦
割麦的声音
是太阳燃烧的声音
麦子一排排倒下
喜悦一寸寸涨高
父亲的布褂结起一层层的盐硝
他挥镰的姿势
如动作简单的舞蹈
割开阳光的热烈和空气的干燥

站在故乡之外遥望
故乡瘦成了镰刀的模样
开镰 挥舞着疼痛的符号
以离去的方式
将父亲和劳绩
以及劳绩产生的诗意
遗忘在通向幸福的乡村小道

吃流水席

我们一行二十几人先于晚霞抵达弋阳的东港村，打算去吃流水席。

夏日的午后，日头已经偏西，但光芒强度丝毫未减，照样晃得人睁不开眼。走在整洁的村道上，看远处的青山连绵叠翠，近处的小河清澈见底，阳光撒到河面，闪烁着粼粼波光。有几只灰色的鸭子在粼粼波光中清洗自己的羽毛，潜一下水，抖一抖翅膀，潜一下水，抖一抖翅膀，在水面划出一圈一圈的涟漪。一座石拱桥如一道彩虹卧于河上。石拱桥有两墩三孔，桥墩为菱形，容水流通过。桥墩顶部设计有鹧鸪嘴造型的装饰，桥面铺设青石板，石板缝里挤满了青草，扎根石缝。被无数人践踏居然还如此葳蕤，可见它的生命力之强。当地人告诉我们，这座桥是清代建的“功德桥”，用材简约，美观实用。“功德桥”是民间修桥补路、积德行善思想的物质表现，其民俗色彩浓厚，文化特征也很明显。沿路三三两两的行人和我们的方向一致，都是往村里的戏台去，他们知道要开流水席，去看热闹。几只白鹅一字排开，拽着方步，不时嘎嘎地叫两声，不知是表示欢迎还是厌烦。有一群孩子蹲在长满苔藓的墙脚，用小铲子挖蚯蚓，抬手抹一把汗，顺便把自己抹成了趴在边上看热闹的花脸猫。

流水席所在的露天古戏台为木质结构，四周围满了来看热闹的村民。孩子们欢快地在台上玩游戏，台下还有两个壮汉举着木槌打年糕。场子里摆了十来张八仙桌，桌的每一面摆一张两人坐的长条凳，桌上放好了一摞碗筷，几条脚板糕。太阳还很高，主人就邀我们入席。芝麻年糕、手工豆腐、猪血料、拆骨、红烧肉、肚肺汤、胡辣汤、炒萝卜、焖南瓜，无论是主食还是配菜，都让人食欲大增。一道一道熟悉的菜肴，一种一种熟悉的味道，翻阅着过往的场景，裹杂在食物里的故土乡情汩汩流淌。有菜肴，便有炊烟，便有家，便有驿站，便有爱，便有起点和归途，颠沛流离的人生便有希望。坐在千里之外的他乡，竟有一种站在故土，站在小时候生活的村庄的恍惚，也忽然明白了史铁生写的“人的故乡并不止于一块特定的土地，而是一种辽阔无比的心情，不受空间和时间的限制；这心情一经唤起，就是你已经回到了故乡”这段话的含义。

小时候，苏北农村与三秦大地的民俗一致，办宴席不仅是一种传统，更是一种情怀。凡是遇到特殊场合，如婚丧嫁娶，当兵上大学，孩子满月，老人大寿，入户迁宅，都要准备流水席，款待亲朋好友、四邻八舍。“一家有事十家忙”，村里的大场就是天然的大厨房，几个泥瓦匠支起几口简易的灶台，燃起枯枝废木，把大铁锅往上一放，立马可以炒菜。婶子大娘，远亲近邻，张家扛来桌椅板凳，李家端来锅碗瓢盆，即便两家有矛盾，这时候上门邀请对方帮忙，释放和好信号，再大的矛盾也都化解了。谁蒸米饭，谁炒菜，谁择菜、洗菜、配菜、送菜，等等，分工明确，各司其职。亲朋好友聚到一起，大事小情相互通报，说说笑笑，热热闹闹。宴席一般在下午两三点开席。吃完午饭后等待下午开席的时间，亲朋好友可以叙叙旧，然后坐满一桌就开吃。以“先远客后近客，先亲朋后乡邻，先客亲后主家”的入席原则，一拨一拨入席，吃完了下一拨继续。上菜也不是先上齐所有的凉菜，再上齐所有的热菜，最后再开席，而是陆续上菜，人和菜都如行云流水。一桌酒席可以上一二十道菜，菜不用多高端，有鸡有鱼，象征吉祥如意、年年有余就好。其余的菜分量足，味道好就行。拔丝苹果、糖醋里脊、红烧肉、狮子头，对于平日里清汤寡水的肚皮，简直是饕餮盛宴。特别是有一道杂烩汤，至今让我念念不忘。丸子、火腿、虾米、粉条、青菜、黄花、木耳等等，汇聚一锅，甜的、咸的、酸的、辣的，吃在肚里，五味调和。饱餐之后，一个个头部发沉，步履维艰，所谓的“饭前无力饭后晕”，不吃到这个程度，便不算饱。至于吃相，大可不必讲究。吃饭而能充分享受，或细嚼慢咽，或风卷残云，即便放肆一点，也没什么人顾得上看你。吃完之后，孩子抹抹嘴，玩去了；大人剔剔牙，聊起家长里短、庄稼孩子、家国天下，无所不包。一家办事，全村参与，热闹得很。

流水席不仅是某一个地域的饮食风俗，更是历史沿袭下来的各地家常食物的总和，是民俗活动的一种。来自北京、江苏、广东等全国各地的人都能在这流水席中吃出自己家乡的味道来。

如今，生活在高楼林立的工业化城市里，听不到鸟雀和鸣，看不到斗虫掐架，闻不到稻麦清香，吃不到土灶大锅流水席，享受不到走亲串友的亲密热闹……让人难免担心乡愁再也无处安放。在“一家人办事，全村人参与”的过去，主人办流水席不仅是在传达信息，也是在维系与亲友之间的感情。而亲朋好友在吃流水席的时候不仅是在吃饭，也是在品味人生。那滋味让人尤为怀念。

古戏台前的流水席，是食物的流水席，也是心灵的流水席。人生况味，不过一道流水席。道道菜肴抚慰着我们的身体，也抚慰着我们的心灵。流水席以独特的方式，在舌尖上提醒着我们，珍视亲邻，珍视乡土，认清明天的去向，不忘昨日的来处。